文春文庫

嵯峨野花譜

葉室麟

文藝春秋

嵯峨野花譜　目次

装画　中川学

嵯峨野花譜

忘れ花

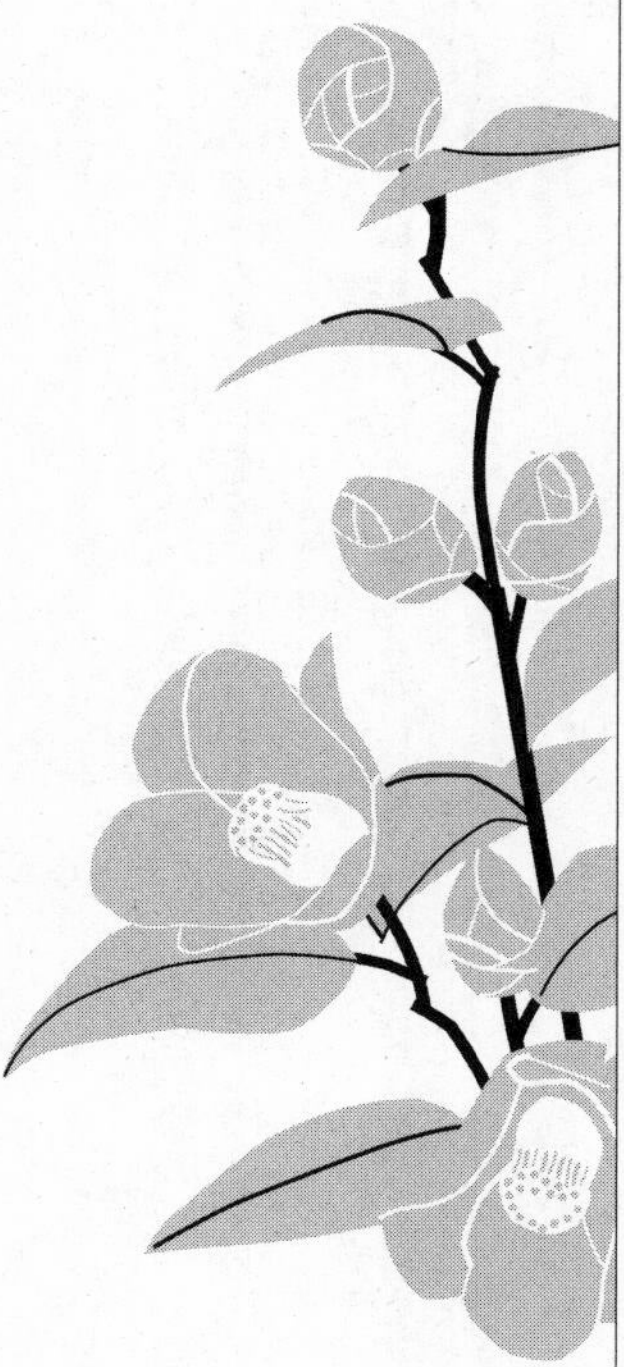

［白椿］

一

文政十三年(一八三〇)一月——

京、嵯峨野の大沢池に朝霧が立ち込めている。白く煙った池を墨染めの衣を着た僧侶がじっと眺めていた。僧の名を、不濁斎広甫《ふだくさいこうほ》という。華道未生流《みしょう》二代目であり、昨年から大覚寺の花務職に任じられた。この年、四十歳。

広甫が池を見つめる目は穏やかだが、背筋を伸ばして身じろぎもせず、佇《たたず》む姿には厳しさが感じられた。

未生流の理念は、

——未生自然《じねん》

として陰陽未分の混沌とした生命の根源から、宇宙の法理を求めると説く。広甫は大沢池を見つめつつ、もっと大きな何かに見入っているかのようでもある。

池の霧が少しずつ動き、緑色の水面が覗き始めた。すると池の端をひとりの少年が歩いてくるのが見えた。頭を青々とそりあげている。首筋が細く、肩も華奢だが、歩みにはゆるぎないものがあった。

手には緋色の椿を一枝持っている。近づいてきた少年に広甫は声をかけた。

「胤舜《いんしゅん》、どうした。一刻（二時間）も探して花はそれだけであったか」

「一期一会でございます。きょう、ただいまを飾るのは、この花しかないと存じます」

胤舜と呼ばれた少年は落ち着いて答えた。

小柄な体と女人ではないかと思わせるほどととのって繊細な顔立ちに似ず、落ち着いた声だった。

「そうか、ならば活けてみよ」

広甫は背を向けて歩き出した。胤舜は椿を大事そうに持って後に続く。

長身の広甫と小柄な胤舜はまだ残る白い霧の中を影法師のように大覚寺に向かって進んでいった。

大覚寺は真言宗大覚寺派の大本山である。かつて嵯峨御所とも呼ばれ、嵯峨天皇の皇太子時代の山荘だった。その後、離宮となっていた嵯峨院を皇女である淳和《じゅんな》天皇皇后正子が寺院とした門跡寺院だ。

嵯峨野の北、大沢池の西に位置する。寺域は北嵯峨一帯におよび、西と南は有栖川《ありすがわ》が流れている。

大覚寺は亀山院、後宇多院以来、両院の皇統に属する上皇や皇子が住持したため、その血統は大覚寺統と称された。

大覚寺統でもっとも知られるのが後醍醐天皇である。建武の中興で鎌倉幕府を倒したが、その後、足利尊氏の台頭を抑えきれず、吉野に落ち、以後は、南朝として足利氏の擁立する北朝（持明院統）と対立した。

明徳三年（一三九二）に南北朝が講和した際、南朝の後亀山天皇は、大覚寺で北朝の後小松天皇に神器を譲り、そのまま大覚寺に隠棲したという謂《いわ》れがある。

後水尾《ごみずのお》天皇により、宸殿《しんでん》が下賜され、その後、唐門《からもん》（勅使門）も造営された。

玄関を入ると奥に正寝殿《しょうしんでん》があり、狩野山楽の筆といわれる襖がめぐらされている。その奥の〈御冠《おかんむり》の間〉は後宇多法皇が院政を行った御座所とされる。書院の調度には〈嵯峨蒔絵〉と称される蒔絵が施されている。

さらに正面に右近の橘、左近の梅が植えられた宸殿にも狩野山楽筆の襖絵がある。このほか縁《ゆかり》の深い天皇・歴代親王の尊像や位牌、般若心経の宸筆写経を安置した御影堂《みえどう》や心経殿《しんぎょうでん》、本尊五大明王像を安置した五大堂が並ぶ。

大覚寺は寺院というより、あたかも宮殿のごとき趣《おもむき》があった。

東に広がる大沢池は平安時代に嵯峨天皇が離宮造営の際に、中国の洞庭湖を模して造ったと言われるわが国最古の庭苑池だ。

大覚寺では広甫を花務に任じ華道を興隆させようとしている。これは嵯峨上皇が大沢池の菊之島に生えていた菊花を取り、瓶にさした故事に由来するものだった。

大沢池のまわりにはさまざまな花が咲く。あたかも花の苑のごとくだった。

この日、胤舜は広甫に命じられるまま、霧の中をさまよい、活けるための花を探したのだ。

広甫は磨き抜かれて黒光りする廊下を素足で進み、書院に入った。土壁の床の間にはすでに金銅《こんどう》の花瓶と花鋏《はなばさみ》が置かれている。

胤舜は花瓶をちらりと見るなり、ためらいなく床の間の前に座った。

そのときには、広甫が大沢池から戻ったことを知った三人の門人が書院の前に控えた。いずれも僧形で、年齢は二十歳過ぎのようだ。名を、

立甫《りっぽ》
祐甫《ゆうほ》
楼甫《ろうほ》

という。立甫は堺の商人の息子で俗名を涌谷四郎治という。祐甫は近江の地侍の子で佐々市太郎、楼甫は伊賀の郷士の子で杉尾小平太という名だった。

広甫がうなずいて見せると、三人は静かに書院に入って座った。胤舜は三人の門人が来たことも気にならない風で花鋏をとると、瞬時も迷わずに椿の葉と小枝を切り落とした。

袖をさばいて、花瓶に向かうと静かに活けた。

ほう、と三人の門人からため息がもれた。

胤舜は三枚の小さな葉を残しただけで他の葉を切り、ふたつに枝分かれした細い椿の枝と緋色の花だけを際立たせた。土壁に緋色が映え、葉を落とした枝は一筆書きの文字を宙に描いたかのようである。

広甫が振り向かずに門人たちに訊いた。

「どのように見たか」

真ん中に座った立甫が手をつかえて、

「土色に浮かび上がる椿は地中からのぞくいのちの色のように見えます」

と答えた。左側の祐甫も頭を下げた。

「三枚の葉はいのちを慈しむ大地の恵みでございましょう」

右側の楼甫は舌を振るって恐れるように言った。

「椿の枝と葉で心を描いたかのようでございます」

広甫は、三人の言葉には何も言わずに、胤舜に顔を向けた。

「そなたはいかなことを思うて活けた」

胤舜は広甫を澄んだ瞳で見返した。

「花を活けるおりには何も考えませぬ」

広甫は厳しい目で胤舜を見つめた。

「花を活けるおりには、無念無想であるにこしたことはないが、ひとが無になるとは、何もないということではない。ただひとつ、無くしてはならぬ思いを胸に抱くがゆえに、ほかのものが無くなる。生きておる無とはそのようなものだ。そなたのは形の美しさばかりがあって心が無いという無だ」

胤舜は首をかしげた。

「さようなものなのでしょうか。わたしにはわかりかねます」

澄んだ迷いのない声だった。胤舜には本当にわからないのだろう。

広甫は苦笑して言葉を継いだ。

「わたしが師について活花《いけばな》の道に入ったのは、そなたと同じ年頃であった。いまのそなたに無が何であるかがわからぬのも無理はない」

未生流の開祖未生斎一甫《いっぽ》は宝暦十一年（一七六一）江戸に生まれた。生家は旗本の山村氏だった。幼くして田沼家の養子となったが、養家とうまくいかず離縁したのを機に遠州流などの活花を学んだ。

江戸を出て上方、九州から山陰路を遍歴し、活花を研鑽した。一甫には易学の素養があり、易者を生業《なりわい》として旅をしたらしい。

但馬《たじま》国気多《けた》郡の大庄屋上田九左衛門のもとに逗留した後、九左衛門の援助で大坂に出て未生流の家元を名乗った。

華道家としての一甫の声望は高まったが病を得て失明した。しかし、一甫は盲目の身でなお指導を続けた。

光は失おうとも、一甫には花の姿が見えるかのようだった。

文化十三年(一八一六)口伝《くでん》の花論書『挿花百練』を板行した後、晩年隠居して旅に出た。文政七年(一八二四)六十四歳のとき奈良で没した。このとき、すでに広甫が二代目を継いでいた。

広甫は幼名を安太郎といった。上田家の親戚であり、奉公人として仕えていたが、一甫から活花の才を見出されてともに大坂に出た。

一甫の活花は、儒学や老子、荘子を学んで、理性に富んだものだったが、広甫は、感性豊かで華麗な花を活けた。

華道家としての名が広まり、大覚寺の花務となった年の夏、広甫は大覚寺にひとりの少年を連れてきて得度させた。少年は九州肥前の武士の子らしいが、広甫はそれ以上のことは大覚寺の役僧や門人たちにも伝えなかった。

大覚寺を訪れた際、少年には老僕が供をしていたが、少年が得度して僧の姿になるのを痛ましげに見た後、帰っていった。

得度した少年は胤舜の法号で呼ばれるだけだった。

胤舜はおとなしく素直で役僧の言いつけに従い、先輩の門人たちにも恭敬だったが、花を活けるときだけは違った。小柄な胤舜の体から鋭気が迸《ほとばし》り、まわりにいる者は気圧《けお》された。

花器に向かって花を手にしたときは、周囲に誰がいるかも忘れるようで威厳に満ちた

様子で黙したまま活けた。時に広甫が活けた花の形を直そうとすると、

「ご無礼いたしました」

胤舜はひと声言い放って花を花器から抜き去り、あらためて最初から活け直すのだ。その様は傲岸にも、あるいは童子が遊びに夢中になってまわりのことを忘れるのに似ているようにも見えた。

そんな胤舜について広甫は門人たちに、

「昔のわたしに似ている」

ともらしたことがある。すなわち、一甫に導かれて修行に勤《いそ》しんでいたころの自分を思い出させるものが胤舜にはある、というのだ。

広甫の言葉を聞いて門人たちは、胤舜が未生流の三代目を継ぐことになるのではないかと思った。しかし、門人たちの中から胤舜を嫉《ねた》む声は出なかった。

胤舜が常に清々しく振舞い、先輩を差し置いて出過ぎた振舞いをすることもなく、いつも独りで寂しげにしていたからだった。

胤舜を前にして広甫はしばらく考えたが、

「そなたは、今少し、ひとの心を見る修行をいたさねばならぬようだ。これからしばらく、わしの命じるところにて花を活けよ」

「この大覚寺にて活けるのではないのでしょうか」

胤舜が眉をひそめて訊くと、広甫はうなずいた。

「わが師は旅に出て売卜《ばいぼく》を業としながら、花を活けられた。山中の寺で活けたこともあるだろうし、大名屋敷や町家、百姓家、さらには路傍でも花を活ける修行をされた。そなたも師に学ばねば華道を極めることはできぬ」

「わかりましてございます」

きっぱり言うと胤舜は手をつかえて静かに頭を下げた。

「まずは、三日後、法金剛院に参れ」

広甫は静かに告げた。

「法金剛院でございますか」

胤舜は目を瞠《みは》った。

法金剛院は嵯峨、双ヶ丘《ならびがおか》のふもとにある古寺だ。

大覚寺からは一里余りである。

「さる女人が参拝に訪れる。そなたが活ける花にて心を安んじていただくのだ」

広甫が言ったとき、霰《あられ》が降り出した。屋根瓦がからからと鳴る音が響き、座敷が冷え冷えとしてきた。

二

三日後——

昼下がりになって、胤舜は花鋏だけを入れた頭陀袋《ずだぶくろ》を首にかけ、笠をかぶり、素足に草鞋《わらじ》を履いて法金剛院に向かった。

曇り空で、時々、小雪が舞った。

大覚寺の寺男、源助《げんすけ》がつき添ってくれていた。

源助は以前、武士だったらしいが主家を離れて浪人し、いつしか食い詰めて寺男になったのだという。

筒袖にカルサン袴姿で脇差を差している。背丈が六尺を越える大男でがっちりした体つきだ。年は三十五、六だろう。眉が太く目がぎょろりとして鼻が高い、いかつい顔だ。

武士であったためか、寺男になっても僧たちへの口調がぞんざいで、丁寧な言葉遣いをするのは広甫に対してだけだ。

学問もあり、武術にもすぐれているようだが、酒に酔って乱暴することがあった。おそらく酒乱で主家をしくじったのだろう、と僧たちは噂していた。

ある時、庫裏《くり》で酒を飲んで暴れ出し、広甫に取り押さえられたことがあった。そのとき、広甫が乱暴をやめるよう諭したうえで、

「花でも活けてみぬか」

と言った。源助はじろりと不遜な目で広甫を見て答えた。

「花などそれがしにはできませんな」

広甫が笑って、

「そうか。独活《うど》の大木は花も活けられぬか」

とからかうと源助は憤然とした。その場から庭に出て行き、竹林に入ると脇差を抜いて竹を切った。竹筒をこしらえた後、さらにあたりを見まわして、茂みに入っていくと、芒《すすき》（薄）を抜き、竹筒に池の水を汲んで戻ってきた。

広甫は本堂の広縁《ひろえん》に座り、源助がすることを見ていた。源助は無造作に竹筒を広縁に置くとこれ見よがしに芒を投げ入れた。

「やはり、それがしには花を活けるなどという風流な真似はできませんな。尾羽うち枯らした身には芒が似合いでございましょう」

源助はにやりと笑った。しかし、広甫はつくづくと竹筒の芒を見て、

「ようできた」

とつぶやいた。

「なんですと」

源助が目を丸くすると、広甫は言葉を継いだ。

「清少納言の枕草子に、秋の野のおしなべたるをかしさは薄こそあれ、とある。秋の野の面白さは芒にあるというのだ。そなたは、おのれを偽らぬ正直者だ。野趣に富んだ芒がよく似合っておる。これが花を活けるということだ」

広甫に言われて源助は首をひねってうなったが、何か感じるところがあったのか、その日から広甫の弟子となり、粗暴な振舞いも少なくなった。

胤舜は歩きながら源助に言った。

「源助さん、わたしのためにわざわざすみません」

源助はにやりとした。

「なに、たいしたことじゃありません。それにわたしも胤舜様がどのような花を活けるかを見て学びたいのです」

「年少のわたしが活けた花をご覧になっても得るものはないのではありませんか」

胤舜は微笑して答えた。

「いや、そんなことはない。未生流は開祖の一甫様とともに、年若だった広甫様が力を合わせて作り上げたものだそうです。いま、広甫様は胤舜様に同じことをさせようとしているのではないかと思います。だとすると、胤舜様が活ける花はこれからの未生流の花になるかもしれない」

源助の言葉には半ば畏敬の念が込められていた。

大覚寺でも広甫は時おり、胤舜に花を活けるように命じる。そんなとき、立甫たち兄弟子が手助けをするのだが、花を活ける胤舜にはすでに威厳があり、年の差や修行の歳月を感じさせない。

胤舜はそれ以上言わずに黙って歩いていたが、ふと、

「法金剛院は女院の御所であったと聞きましたが、まことでしょうか」

と訊いた。源助はうなずいた。

「まことです。待賢門院様のお寺ゆえ、そう言われておるらしい。平安のころからの古いお寺だが戦国のころ、戦《いくさ》があって焼けてしまい、元和《げんな》のころようやく再建されたそうでございます」

畏《おそ》れるように源助は言ってから法金剛院について語った。

法金剛院は平安時代の初め、右大臣清原夏野が山荘として建て、夏野の死後、寺となり双丘寺と称した。その後、文徳天皇が大きな伽藍を建て、天安寺と改号された。

平安時代の末、大治《だいじ》四年（一一二九）、白河法皇が崩御された後、鳥羽上皇の中宮待賢門院璋子《たまこ》が天安寺を復興し、法金剛院としたのだ。

待賢門院璋子は藤原公実の娘で幼くして白河法皇と寵姫祇園女御の養女となり、やがて、白河法皇の寵愛を受けるようになった。璋子は白河法皇に愛されながらも貴族たちとただならぬ噂があり、

――乱行の人

などと陰口された。悪い噂を知った白河法皇は璋子を孫の鳥羽天皇の中宮とした。璋子は白河法皇と密通しながら顕仁《あきひと》親王（崇徳院）を生む。鳥羽天皇は顕仁親王の出生を疑い、白河法皇の子であるとして、

――叔父子

と呼んだと言われる。このことが後の保元の乱の遠因となっていくのである。

白河法皇が存命の間、栄華に包まれていた璋子だが、法金剛院を建立したころから、

後ろ盾を失い、人生の落日を迎える。

鳥羽上皇は白河法皇の崩御後、院政を行って自らの思い通りに朝廷を動かし、さらに藤原得子《なりこ》（美福門院）を寵愛して璋子を顧みなくなる。

璋子は、康治元年（一一四二）には法金剛院で落飾して、世を捨て余生を静かに過ごした。

久安元年（一一四五）八月、璋子は四十五歳で亡くなった。遺言により、遺骸は火葬されず、法金剛院の裏山、五位山の花園西陵に埋葬された。

法金剛院は波乱の生涯を生きた待賢門院璋子が永い眠りについた寺でもあった。

歌人として知られる西行は、法金剛院を訪れ、璋子を慰めることがあったという。

璋子が亡くなったと聞いて、西行は三条高倉御所を訪れたが、その際、璋子に仕えた女房で歌才に優れていた堀川局に和歌を送った。


尋ぬとも風の伝《つて》にも聞かじかし花と散りにし君が行へを

花のように散っていった女院の行方をいくら尋ねても風の便りにも聞くことはできない、という嘆きの歌だった。これに対して、堀川局は、

吹く風の行へしらするものならば花と散るにもおくれざらまし

という返歌を西行に送った。吹く風が教えてくれるのなら、花と散った女院の御あとを慕って追っていくのですが、という歌だ。

源助は法金剛院について話した後、さらに付け加えるように言った。

「堀川局の和歌は百人一首にもとられているから胤舜様もご存じなのではありませんか」

「さて、どのような歌でしたでしょうか」

胤舜は首をかしげた。

源助は、えへん、と咳払いしてから詠じた。

長からむ心も知らず黒髪の乱れて今朝はものをこそ思へ

男女の後朝《きぬぎぬ》のおり、いつまでも永く心変わりはしないとあなたは言われるけれど、どこまでが本心なのかわからないまま、お別れした朝はこの黒髪のように心乱れて物思いにふけってしまう、という意であろう。

胤舜は、意味がわかりかねて、

「黒髪の乱れて――」

とつぶやいた。女人の黒髪という言葉に何となく艶めきを感じていた。

「胤舜様にはまだこの和歌の味わいは難しいことでしょうな」

源助は笑いながら歩いていく。


法金剛院に着くと、源助は玄関で案内を請い、出てきた役僧に、

「大覚寺より参りました」

と告げた。それだけで役僧にはわかったらしく、合掌して、

「お参りの方は本堂にてお待ちでございます」

と告げた。玄関脇に武家の女人用の乗り物が置かれ、従者らしい男たちと女中が控えている。その様子をちらりと見た源助は、

「大名の奥方なみの供揃いだな」

とつぶやいた。

胤舜は従者たちには目をくれようともしない。

胤舜は源助にうながされるまま階《きざはし》を上がった。薄暗い廊下を通って本堂に入った。金色に彩色された阿弥陀如来の木像が鎮座していた。

阿弥陀如来の前に座った胤舜と源助は合掌して頭を下げた。金色が剝落しながらも鈍い光を放つ阿弥陀如来が有り難く思えた。

そのとき、線香に混じってほのかな香りがするのに胤舜は気づいた。本堂の隅に目を向けると武家の奥方らしい女人がひとり座っていた。

役僧が女人の前に行って頭を下げ、

「お待ちの方が来られましてございます」

と丁寧に言った。女人は藤色の着物を着ており、身分ありげだった。

胤舜は女人を見て、驚いたように目を瞠った。

顔が青ざめ、唇が震えている。

女人はそれに気づかないのか、胤舜に顔を向けて静かに微笑んだ。

「わたくしは萩尾《はぎお》と申します。大覚寺の広甫様にお頼み事をいたしたのですが、よく来てくださいました」

落ち着いた声だが、どこか哀しげな響きがあった。

胤舜は黙っている。顔を強張らせて萩尾に目を向けようとはしない。何事かに耐えているような面持ちだ。

やむなく源助が挨拶した。

「師より、法金剛院に来られる方をお慰めする花を活けよと申しつけられました。どちらで花を活けたらよろしいのでございましょうか」

萩尾はため息をつき、うなずいてから言った。

「途方もないことをと思われるでしょうが、わたくしは普通の活花をしていただくためにわざわざお呼び立ていたしたのではないのです」

ようやく、萩尾の言葉に興味を持ったように胤舜は顔を上げた。

「普通ではないとはどういうことでしょうか」

なぜか、問い詰めるような口調だった。

「昔を忘れる花を活けていただきたいのです」

「昔を忘れる――」

胤舜は息を詰めて萩尾を見つめた。萩尾は立ち上がると本堂の広縁に出た。庭に目をやって、

「このお寺の庭は、昔は大きな池があって大層、立派だったそうでございます。ですが、戦国のころ戦が続いたため荒れはてて池も埋まってしまい、いまでは古《いにしえ》のころを偲ぶよすがもありません」

と、思い入れを込めて言った。

法金剛院は建立されたころ五位山を背にして中央に池が掘られており、池の端に西御堂や南御堂が建立され、さらに東に女院の寝殿が建てられた。

池の周囲は、四季おりおりの草木が植えられていた。そのためもあって、この地を、

――花園
と呼ぶようになったという。

作庭には当時、名手として名高かった林賢《りんけん》がたずさわり、滝石組《たきいわぐみ》と呼ばれる、石組みによって滝を作った。

見事な出来栄えだったが、待賢門院はさらに五、六尺ほど滝石組を高く築くように命

じた。

このため、やはり作庭の名手だった仁和寺の僧侶、徳大寺《とくだいじ》静意《じょうい》がさらに高く組み直したという。しかし、その後の戦乱や天災で法金剛院は盛衰を繰り返し、待賢門院璋子が丹精込めた庭もほとんどが地中に埋まったのだ。

「庭に造られた大滝は、青女《せいじょ》の滝と呼ばれたということです。わたくしには青女とは何のことかわかりかねますが、大滝は待賢門院様が涸《か》れよとばかりに流された涙を表すものであるような気がします」

萩尾はしみじみと言った。胤舜は萩尾から目を背けるようにして、庭に目を遣った。

「昔の庭は地中に埋まり、忘れられたと仰せなのでございますね」

萩尾はじっと胤舜を見つめた。

「さようです、どれほど悲しみ深く流した涙もやがては地に消えていきます。そのように忘れることがひとの幸せだとは思いませぬか」

問いかけられてしばらく考えた胤舜は、不意に萩尾を振り向いた。

「さようなことは年少のわたしにはわかりません。わたしはまだ、本当の悲しみというものを知りませんから」

萩尾は息を呑んだ。

「お坊様はまだ悲しみを知らないと言われますか」

胤舜は微笑してうなずいた。

「わたしはまだ、悲しみも喜びも、いえ、憎しみや憤りや嫉みも知りません。それでは花は活けられぬと師は仰せになり、かようにひとのために花を活けることを命じられたのでございます」

「では、わたくしのために花を活けてくださいますか」

萩尾が確かめるように言うと、胤舜は頭を下げてから立ち上がった。

「ただいまから、花を探して参ります」

言い残した胤舜が本堂を出るとき、その眼に涙が光っているのを見て、源助はぎょっとした。

萩尾は目を閉じて座り続けている。

三

胤舜は本堂を出ると、役僧に何事か聞いてから庭に下りた。そのまま、すたすたと歩いていく。

源助があわてて追いかけ、

「胤舜様、どこへ行くのです」

と声をかけた。胤舜は振り向かずに答える。

「待賢門院様の御陵に参ります」

「待賢門院様の御陵になぜ、参られるのです」

源助は驚いた。

「あの方がこのお寺に参られたのは、待賢門院様の御陵があるからだと思います。そのことをわたしに伝えようとされたのではないでしょうか」

庭を通り、山道に入っていくと、大きな宝塔が林立している場所に出た。

「ここは何なのです」

源助が気味悪そうに訊いた。

「このあたりは仁和寺の領内になるそうで、仁和寺の法親王様たちのお墓なのだそうです」

さらに山道をたどって切通しを過ぎ山の中腹にいたると突然、景色が開けて御陵の前に出た。

胤舜は御陵の前に額《ぬか》ずいてから合掌した。何事も忘れたかのように静かに読経した。

そして手を下ろすとぼう然と御陵を見つめた。

やがて胤舜の目から一筋の涙が流れた。

「胤舜様、何があったのです。あの萩尾と申される女人は何者なのですか」

源助は後から恐る恐る訊いた。

胤舜は御陵を見つめたまま口を開いた。

「あのお方は二年前、お別れした母上なのです」

「なんですと」

源助は口をあんぐりと開けた。胤舜は涙を手でぬぐってから話を継いだ。

「わたしは九州、肥前唐津の生まれだということですが、幼いころに国を離れ、五年前から大坂で母と暮らしていました。しかし、ある日、母上は何も言わずに家を出ていかれ、ひとり残されたわたしは大覚寺に預けられて得度したのです」

「しかし、先ほど、会ったときになぜ、母上はそのことを言わなかったのです」

「玄関に乗り物があり、従者が控えていました。母上はいま、武家の奥方として平穏に暮らしておられるのだと思います。それゆえ、母だとは申されなかったのだと思います」

胤舜は振り向いて涙に濡れた顔で微笑んだ。

源助は眉をひそめた。

「どのような事情があったのかは知りませんが、酷《むご》い話ですな」

胤舜は頭を振った。

「わたしはさようには思いません。何かのご事情がありながら、わたしを育ててくださったのです。ありがたくこそ思え、恨んでは罰があたりましょう」

じろりと源助は胤舜を見た。

「そうは言いますが、先ほどあの女人は昔を忘れる花を見せて欲しいと言ったのですぞ。あれは胤舜様に自分のことを忘れよと言いたいのではありませんか」

「わたしもさように思います。母の思いに添う花を活けねばなりません」

胤舜は立ち上がった。源助は痛ましそうに胤舜を見た。

「あのような薄情な母上のために花を活けるというのですか」

歩きかけていた胤舜は振り向いて、

「母上は情の薄い方ではございません。だからこそ、わたしに会いに来られ、別れを告げようとされているのです」

ときっぱり言った。源助は頭に手をやった。

「口が過ぎたようです。許してくだされ」

花を探すのを手伝おうと源助が言うと、胤舜は嬉しげに笑った。それから胤舜は山の中を歩き回っていたが、ふと立ち止まると松の枝を指差した。

「源助さん、あれを――」

胤舜に言われて、源助は跳躍すると脇差を抜き打ち、松の小枝を切り落とした。胤舜は落ちてきた枝を受け止めてじっと見つめていたが、

「これです」

とひと声言った。

冬だけに山中には花は少ないが、しばらく歩いた胤舜は、法金剛院へと戻っていった。

胤舜が玄関から上がったとき、源助は玄関脇の乗り物に目を走らせた。漆がほどこされた乗り物の戸に紋所が入っている。

澤瀉《おもだか》紋である。しかも、澤瀉の下に波模様が表されている。源助は目を鋭くして紋所を見つめた。

——水野澤瀉か。

澤瀉の下に流水を描くのは、徳川譜代の大名である水野家の家紋だった。

「まさか、水野様の」

源助はううむ、とうなった。

胤舜が肥前唐津の生まれだが、幼くして国を離れ、大坂に移り住んだということと重ね合わせて考えた。

肥前唐津六万石の藩主だった水野忠邦は、野心に富んだ大名として知られていた。

もともとは側室の子に生まれた次男だったが、兄が病死して家督を継ぐと藩政改革に実績を挙げた。同時に幕府の要職に就きたいと願って、幕閣への登竜門とされる奏者番となった。

だが、唐津藩主は長崎警固役を課されていて、幕閣の一員となることができない決まりだった。このため幕閣に登用される浜松への転封《てんぽう》を願い出た。

唐津藩は表高こそ六万石だったが、内高は二十万石と言われる裕福な藩だったため、家臣は反対した。しかし、忠邦は幕閣に賄賂を送って猛烈な工作を行い、浜松への転封を実現したのだ。

忠邦の熱心な昇進運動は功を奏して老中たちに認められ、文政八年（一八二五）五月

には自らが、

——青雲の要路

と呼んだ大坂城代に昇進した。さらに文政九年十一月に京都所司代となり、十一年十一月にはついに西ノ丸老中に昇任した。

源助は水野忠邦が大坂城代、京都所司代を歴任した後、二年前に西ノ丸老中となったことを思い出した。胤舜が肥前唐津生まれであり、大覚寺に入る前は大坂にいたが、二年前、母親が突然いなくなったことと符合する。

(胤舜様は水野忠邦様の隠し子かもしれぬ)

何らかの理由があって、ひそかに母親の手で育てられ、忠邦の昇進にともなって大坂で暮らしていたのかもしれない。

だが、忠邦は西ノ丸老中になったとき、母親だけを呼び寄せ、胤舜を捨てたのではないか。そして、今日、母親である萩尾は、胤舜に最後の別れを告げに来たのだ。

「何という哀れな」

源助は胤舜の後ろ姿を見ながらつぶやいた。しかし、胤舜は花を手にむしろ楽しげに本堂に向かっていく。

胤舜が山に花を採りに行っている間、萩尾は別室で休んでいたらしい。胤舜は役僧に頼んで花器を持ってきてもらうと、阿弥陀如来像の前で活けた。

活け終わったころ、萩尾が本堂に戻ってきた。

胤舜は大きな白磁の壺に花を活けていた。

萩尾は白磁の壺の前に座って花をしげしげと見つめた。活けられているのは、松の枝と二輪の白椿だった。

松の枝がくっきりと伸び、緑の葉が白磁にかかって際立っている。さらに二輪の白椿は重なり、抱き合うほんのりとした温かさがあった。

「これが昔を忘れる花なのですね」

萩尾が訊いた。

胤舜は手をつかえ、頭を下げて答えた。

「ひとは忘れようとすればするほど、思い出してしまうものではないかと思います。それよりもただひとつのよき思い出を胸に抱いているほうが、思い出さずにすむのではないでしょうか。忘れるとはそのようなことではないか、とわたしは思います」

「昔の思い出を大切にせよと」

萩尾は涙ぐみ、手で瞼を抑えた。

「はい、わたしの母は二年ほど前にいなくなりましたが、わたしの胸には母とともに生きたころの思い出が残っております。二輪の白椿のように清浄で美しき日々であったかと思います。その白椿に添えた松の枝は、わたしが顔も名も知らぬ父上でございます。松のように末永く栄えられますようにとの願いを込めました」

源助は胤舜の言葉を聞きながら、

（胤舜様は何もかもご存じなのだ）

と思った。白椿だけでなく松を活けたのは徳川家がもともと松平姓であることにちなみ、幕閣にいる父を表したのだろう。それだけでなく、父母とともに暮らしたかった自らの思いを胤舜は活花に託したのだ。

そう思うと、源助の胸にも熱いものが込み上げてきた。

萩尾は涙を袖で拭いて口を開いた。

「さぞ、情け知らずな母だと思うでしょうね。わたくしは肥前唐津藩で奥女中を勤めておりました際に殿のお情けを頂戴して子を生《な》しました。けれども、そのころ、殿は無理な国替えを望まれ、家中に不穏な気配が漂っていたのです。殿の御子としてあからさまにお育てするわけにはいかず、かといって新たな領地の浜松に参るわけにもいかないため、わたくしの郷里を経て、殿のご任地の大坂で暮らしていたのです」

萩尾は大坂での日々を思い出したのか、また涙をこらえかねたように袖で目を覆った。

それでも気を取り直して話を続ける。

「ところが、殿は西ノ丸老中にまでご昇進され、そのとき、わたくしをお呼び寄せになりました。ですが、子を呼ぶことはならぬとの仰せだったのです。殿のお気持を測りかねたわたくしはとりあえず、ひとりだけ江戸に参りました。殿のお側にまいってお願いすれば子も呼び寄せていただけるであろう。それがかなわなければお暇をいただこうと思ったのです」

「それはかなわなかったのですね」

胤舜が落ち着いた声で言った。

萩尾は悲しげにうなずいた。

「殿は西ノ丸老中の座を足掛かりに本丸老中となり、さらにはかつての松平定信様のような政《まつりごと》の改革をなそうとお考えなのです。そのためには子を顧みている暇はないと仰せになられました」

萩尾はあきらめたように話すと、胤舜に微笑んだ。

「もはや、あなたに昔のことを忘れてもらうしかないと思って、京に参り、あなたをお預けした広甫様に会わせていただくようお願いしたのです。そうしたら、広甫様はあなたがすでに仏門に入り、母子の縁は切られたゆえ、母としてではなく会うようにと言われたのです」

「さようでしたか。わたしのことはご心配くださいませぬよう。師の仰せの通り、わたしは俗縁を断ち、心は花に込めて生きております」

胤舜は励ますように言った。

萩尾はあらためて白磁の壺の花を見た。

「まことによい花を見ました。これがわたくしにとって、この世の名残の花となりましょう」

萩尾の言葉に胤舜は不吉なものを感じた。

「母上――」

思わず胤舜が言ったとき、萩尾は咳き込み、口を手で覆った。その白い指の間から赤い血が滴り、本堂の床に散った。

あたかも花びらのようだった。

胤舜とともに大覚寺に戻った源助は広甫の居室に行った。広甫の前に座った源助が法金剛院でのことを報告した。

広甫は眉根を寄せて、

「そうか、萩尾様は胸を病んでおられたのか」

「それゆえ、自分のことは忘れよと別れを告げに来られたのでありましょう」

源助は深沈とした表情で話す。

「悲しいことだが、親と子の別れはいずれあることだ」

広甫が言うと、源助は気難しげに顔をしかめた。

「されど、それは誰もがするようにともに暮らす日々があってのこと。胤舜様は父の顔も慈しみも知らぬのでございます。それなのに、母に忘れよと告げられて死に別れてはせつなすぎましょう」

憤るような源助の言葉に広甫は笑みを浮かべた。

「誰もが、悲しみ、苦しみを抱いて生きておるのだ。まして、生きることに何事かを背負っているものは、自らの悲しみを甘受せねばならぬものだ」

「胤舜様は宿命を負って生きていると思われますか」

源助は膝を乗り出して訊いた。広甫は静かに見つめ返した。

「そなたはさようには思わぬか」

「さて、それは――」

源助が口ごもると、広甫は目を閉じて和歌を口にした。


紅葉みて君がたもとや時雨《しぐ》るらんむかしの秋の色をしたひて

西行が待賢門院璋子を慕って詠じた和歌だという。紅葉は「紅涙」を表すという。広甫は法金剛院で喀血した萩尾の行く末に思いをいたすのだった。

利休の椿

［蠟梅］

一

昨日まで降り続いた雪が熄《や》んだ。

胤舜は師の広甫に命じられて兄弟子の立甫とともに紫野の大徳寺に赴いていた。

立甫は痩せて、眉が薄く、鼻がとがって、狷介《けんかい》な顔つきだが、接してみると意外に親切でひとをそらさない。俗名を涌谷四郎治という堺の商人の息子だったからかもしれない。

「胤舜、寒くはないか」

立甫は素足に草履を履いて、まだ雪が残る道を歩みながら言った。托鉢僧のように薄い墨染めの衣を着ているから冷えるのだろう。

「寒くはございません。大徳寺で花を見るのが楽しみでございます」

胤舜は白い息を吐きながら答えた。

大徳寺は鎌倉時代に創建された臨済宗の名刹で花園上皇や後醍醐天皇が祈願所とした。一時、衰退したが一休禅師によって復興された。

さらに安土、桃山のころ千利休が朱塗りの山門の上層「金毛閣」を寄進した。この上層部分を仏殿様に設《しつら》え、数体の仏像と共に雪駄履きの利休像を安置したことで豊臣秀吉の不興を買い、切腹にまで追い込まれた。

秀吉が大徳寺の茶会に訪れるとき、利休像の足の下となる門をくぐらなければならないことが秀吉の怒りに触れたのだという。

立甫と胤舜は大徳寺の塔頭《たっちゅう》である聚光院《じゅこういん》に入った。聚光院には利休の墓所があり、此の日、二月二十八日は利休の命日で、利休忌が茶人たちによって行われる。

広甫は胤舜に、

「利休忌の花を見て参れ。得るところがあろう」

と言った。

胤舜は、利休忌の花を見るとは、どのようなことなのだろう、と思いつつ兄弟子の立甫とともに大徳寺にやってきたのだ。

胤舜と立甫が通された塔頭には利休作と伝えられる枯山水の中庭があった。さらに庭の片隅には、利休の孫の千宗旦にちなむ宗旦椿や曙椿などが色鮮やかにほころんでいるのが見えた。

利休は石田三成の讒言《ざんげん》により、秀吉の逆鱗《げきりん》に触れ、突然、堺に蟄居《ちっきょ》を命じられた。

前田利家や、利休七哲のうち古田織部、細川忠興ら大名である弟子たちが助命嘆願のために奔走した。だが秀吉は許さず、京都に呼び戻された利休は聚楽第《じゅらくだい》の屋敷内で切腹を命じられた。

すでに七十歳だった利休は武士をもしのぐ気魄《きはく》で切腹して果てた。

このとき、利休の弟子の大名たちが利休の奪還を図るのではないかと危惧した秀吉の命令を受けた上杉景勝の軍勢が屋敷を取り囲んでいたという。

切腹後、利休の首は一条戻橋で梟首《きょうしゅ》された。さらに首は賜死の一因となったとされる大徳寺山門の木像に踏ませる形でさらされたという。

胤舜はそんな故事を思い出しつつ広間に上がった。

茶人たちが居並び茶会が始まると、末席に座った胤舜は見るともなく床の間に目を遣った。

胡銅の経筒に菜の花が活けられ、静まりかえっている。

塔頭は詰めかけた茶人たちの身動きの音や囁きかわす声が聞こえていたが、床の間だけは別世界のようだった。

たったいま、庭の椿を見ただけに、菜の花がひどく新鮮に思える。あたかもそこだけ清らな光が当たっているようだ。

(変哲もない野の花を活けているのに、はなやぎがあるのはなぜなのだろう)

質素な方丈の草庵での茶の湯を求めた利休は、

――小座敷の花は、かならず一色を一枝か二枝かろくいけたるがよし

として活花にも侘《わ》び、寂《さ》びの心を求めた。さらに、

――花は野にあるように

と教えたともいう。

（利休様にとって花の美しさはあるがままに、ということであったのかもしれない）

胤舜が思いをめぐらしているのを察したのか、立甫が小声で、

「千利休様は菜の花がお好きだったそうだな」

と言った。

「そうなのですか」

胤舜は得心した。菜の花のまわりにあるのは亡き利休を偲ぶ、ひとびとの思いなのだろう。立甫は何気なく訊いた。

「そなたは利休様の言葉をどう思う？」

「作意なき、天然の花がもっとも美しいのかもしれません」

茶の宗匠として崇められる利休だが、その胸の裡《うち》には、素朴な美しさを求める心があ

ったのではないか、と思いつつ胤舜が答えたとき、隣の女人を挟んで並んだ商人風の大柄な男が身じろぎした。

白髪の眉が太く、目がぎょろりとして、鼻が高くあごがはった顔だ。六十を過ぎているると見えるが、でっぷりと肥えて貫禄があった。

「失礼ながら、池坊《いけのぼう》のお坊様でございますかな」

男はわずかに頭を下げて野太い声で訊いた。

池坊とは京、頂法寺六角堂の僧だが、活花に長じていることで知られている。もともと活花は仏前の供花《くげ》に始まるという。

室町時代になって立花《りっか》が座敷飾りとして盛んになり、花の立て方も工夫が積まれた。足利義教以降の将軍家に仕えた立阿弥《りゅうあみ》や台阿弥、文阿弥《もんあみ》などが腕を競ったが、僧侶では六角堂の池坊専慶《せんけい》が傑出した。

池坊の三十一世専好《せんこう》にいたると名人の評価を得た。

『文禄三年前田亭御成記《おなりき》』に横六尺、縦三尺の大平鉢を用いた砂物の立花は、池坊一代の傑作といわれるほど見事だったと記されている。そして専好の名を継いだ二代目専好は、豪壮な立花様式を完成させた。こうして、

――立華ノ中興ハ、専好ニ止リタリ。専好ヲ名人トス
と称賛され（近衛《このえ》家熙《いえひろ》聞書『槐記《かいき》』）、

――専好ト云ヨリ家業トス

というように、活花は池坊の家業として伝えられたのである。

利休は初代専好と交わりが深く、立花を学んだという。

男は僧形の胤舜たちが、活花の話をしているのを聞いて、池坊の僧ではないか、と思ったのだろう。

立甫は丁寧に頭を下げて、

「いえ、わたくしどもは大覚寺の花務職をつとめる不濁斎広甫の弟子でございます」

と答えた。

男はほう、大覚寺の、とつぶやいてから隣に座る女人を振り向いて、

「どうや、この方たちにお頼みしては」

と囁いた。

男の傍らには二十歳ぐらいではないかと思える、白絹に草花模様を散らした小袖を着た若い女が座っていた。

豊かな黒髪の髷《まげ》に珊瑚の贅沢な簪《かんざし》を差している。

色白の瓜実顔で目鼻立ちがととのって、なめらかな肌に匂い立つような色香がある女だった。

女はぼんやりとした視線を胤舜に向けて、

「若いお坊様が浄《きよ》げでよろしゅうおす」

と鈴を転がすような声で言った。

傍らの胤舜の方がいい、と言われて、立甫は少しむっとしながら、

「失礼ながら、四条で呉服を商われておられる一文字屋様ではございませんか」

と訊いた。

「申し遅れました。一文字屋徳兵衛でございます」

「やはり、さようでございましたか。わたしの実家は堺の商家でございまして、一度、一文字屋様をお見かけいたしたことがございます」

立甫は頭を下げて名のり、胤舜も、

「胤舜と申します」

と言い添えた。徳兵衛は隣の女をちらりと見て、女房でございます、と若い女を妻にしているのが面映ゆそうに言った。

女は胤舜を見つめて、

「志津《しづ》どす」

と名を告げた。

志津の声はなぜか悲し気に耳に響いた。なぜなのだろう、と胤舜が考えていると、隣客から茶碗がまわってきた徳兵衛は、

「後ほど、お頼みしたいことがございます」

と小声で言って正面に顔を向け、静かに茶を喫した。その様には、ずしりとした重みを感じさせるものがあった。

茶会の後、胤舜たちを庭先に誘った徳兵衛は、あらためて挨拶した後、

「実は、三日後に女房志津の弟の一周忌に合わせて、身内での茶会を行います。その席に花を活けたいと女房が申しますんで、どなたか活けてくださる方はないか、と思うておりました」

と言った。

「それはお若い。いくつでお亡くなりになったのですか」

立甫が同情して訊ねた。

「十八歳でございました」

徳兵衛は淡々と応じる。

「弟御様の一周忌にどのような花を活けられたいのでございますか」

胤舜が志津に顔を向けて訊くと、志津は静かに答えた。

「わたしの心の裡にある弟のような花を活けてほしいんどす」

弟、と口にした志津の目には悲しみの色が宿っていた。憂いのある表情がはかなさとともにしっとりとした風情を感じさせる。傍らの徳兵衛が、はは、と笑った。

「こないなことを申しますさかい、難しゅうて、どなたにお頼みしたらええのやらわからしまへん」

いかにも、若い女房のわがままを持て余しているような口ぶりだったが、その癖、目

は志津をいとおしげに見つめていた。

立甫が困ったように、さて、どうする、と胤舜に訊いた。

どのような花を活けたらいいのかわからない趣向を引き受けて、しくじれば師である広甫の名に泥を塗ることになるからだ。しかし、胤舜は平然として答える。

「わかりましてございます。わたしにできるかどうかはわかりませんが、活けさせていただこうと思います。ただ、その前にお内儀様から弟様のお話をうかがいたいと思うのですが、よろしいでしょうか」

志津は花のような笑みを浮かべた。

「明日、わたしが大覚寺様におうかがいさせていただきます」

いきなり、大覚寺まで行くと志津が言いだすと、徳兵衛は眉をひそめた。

「わしは明日、商いのことでひとに会わなならんさかい一緒には行けへん。女中はつけてやるけど、お前ひとりで大覚寺様にうかがうのは、ご迷惑なんとちがうか」

志津は微笑んだまま、

「わたしひとりでうかがうのがよろしゅうおす。胤舜様にゆっくり話を聞いてもらいとうおす」

と言った。志津の言葉はなまめいて聞こえた。だが、胤舜は何も感じない様子で、

「お待ちいたしております」

と答えて頭を下げた。

聚光院での茶会を終えて帰路についた胤舜に立甫は道々、一文字屋について話した。

「呉服商の大店だが、それだけでなく、金貸しもされておるそうだ。金を貸す相手は町人だけでなく大名や公家衆、さらにお坊様方にまで及んで、動かす金は十万両を下らないというからたいしたものだ」

生家が商家だけあって、立甫は富商を敬う言い方をした。胤舜は歩きながら、思っていたことを口にした。

「それにしてもお内儀様は随分とお若く見えましたが」

立甫は頭を大きく縦に振った。

「ああ、あのひとは津の国屋という薬種問屋の娘だと聞いている。一文字屋さんとは違って商売が傾き、そのために一文字屋さんから金を借りたそうだ。その金が返せなくなり、代わりに娘を一文字屋さんの後添えに差し出したというのが、商人仲間でのもっぱらの噂だよ」

「そんなことがあるものなのですか」

商人の事情に疎い胤舜は目を丸くした。立甫は頭を横に振りつつ、

「商人は金を儲けるためなら、どんなことでもするからな。一文字屋さんもさぞや修羅の生き方をなさっておいでだろう」

と感慨深げに言った。

立甫の言葉を聞きながら、胤舜は、修羅という言葉になぜか志津の面影を思い浮かべた。花のように美しい志津だが、その心には修羅を抱えているような気がした。

利休の言葉である、

——花は野にあるように

に従うならば、志津は野にあるべき花で一文字屋という富商の屋敷奥深くに閉じ込めてはならないのではないか。

そんな気がするのだった。

胤舜と立甫が大覚寺に戻り、広甫の居室で、一文字屋で花を活けることになったと話すと、広甫は穏やかに言った。

「亡き人への手向《たむ》けの花を活けて差し上げるのはよいことだが、心の裡にあるひととは難しいな。誰しもひとの心はうかがえぬし、本人ですら知らぬこともある」

「では、ひとの心にある面影を花にするのはかなわぬことなのでしょうか」

胤舜がうかがうように見つめると広甫はしばらく目を閉じて考えた。やがて、瞼を上げて、

「明日、一文字屋のお内儀が見えられるのなら、そなたの胸に映じたお内儀の姿を花として活けてみよ。さすれば、お内儀の胸の裡が少しはわかるやもしれん」

と命じた。

広甫に言われて、胤舜はうなずきながらも、わずかに戸惑いを感じた。まだ、少年である胤舜にとって志津の胸の裡は測り難く、知るのが怖いような気さえするのだ。そんな胤舜の逡巡を感じ取ったのか、広甫は、

「これも修行であるぞ」

と低く厳しさがこもった声音で言うのだった。

胤舜は手をつかえて、

「わかりましてございます」

と答えた。

広甫から、修行だと言われた瞬間、胤舜は脳裏に花の形が浮かんだ気がした。それが何の花なのかはまだわからない。

だが、志津を表す花なのだろう、と思った。後は志津のことを思い浮かべ、花と重なるのを待つだけである。

胤舜の落ち着いた様子を見て広甫はゆっくりと微笑を浮かべた。

二

翌日――
朝早くから胤舜は、寺男の源助とともに、大覚寺のまわりをめぐって花を探した。源

助はいつもと同じようにカルサン袴をつけて腰に脇差を差している。

黙々と林や灌木の茂みの間を歩く胤舜に従いながら、源助は無遠慮な声で、

「胤舜様、富商のお内儀の花をかように懸命に探さねばならぬものですか。なんぞ、美しい花を差し出せば、お内儀は喜びましょう」

と言った。

胤舜は歩みを止めず、頭を横に振った。

「わたしには、一文字屋のお内儀はそんなことを喜ぶひととは思えませんでした。あのひとは何か大きな悲しみを抱いておられます。その悲しみは自分が美しいということでは癒されぬもののように思えます」

「ほう、そんなものですか。胤舜様はそのお若さで女心がよくおわかりになる」

源助がひやかすように言うと、胤舜は前を向いたまま、素直に答える。

「女心などわたしにはわかりません。ただ、お師匠様から教えていただいたことがありますので、お内儀のことが少しわかるような気がしているのです」

「広甫様は何と言われたのですか」

源助は興味深げに訊いた。

「花の心は花に訊け、と」

胤舜はさりげなく答えた。

「ほう、さようなものですか」

源助は頭に手をやって、さて、坊様は難しいことを言われるもんだ、とわざとのように嘆いて見せた。

胤舜は真面目な顔で話を続ける。

「花に向かい合い、心で見ておれば、おのずと花の心が声となって聞こえてくるのです。どのような形にして欲しい、自分のまことの姿を見て欲しい、と」

「なるほど、それで、一文字屋の内儀のまことの姿も見えましたかな」

源助が言うと、胤舜は立ち止まった。そして、少し地面が小高くなっているあたりを指さした。

「あれです――」

胤舜が指差した方角にあるのは、黄色い花をつけた、

――蠟梅《ろうばい》
だった。蠟梅は名からして梅のようだが、梅とは異なる種だという。『本草綱目』には、

――梅と同じ時に咲き、香りが似ており、花色が蜜蠟のようである
と記されている。

中国の長江付近が原産地で、江戸時代の初め後水尾天皇の御世に、朝鮮を経て移入さ

れた。寒風をついて咲き、名の通り、花弁が蠟のように艶やかで香りが豊かなため、好むひとは多い。

「あの花が一文字屋のお内儀だと胤舜様の心には映じたわけですな」

源助は何となくためらいがちに言った。

「はい、さようです」

胤舜が迷いなく答えると、源助は厳しい目で蠟梅を見つめた。

艶やかな蠟梅が風にそよいでいる。

一文字屋徳兵衛の妻である志津が大覚寺を訪れたのは、この日の午後だった。

胤舜は広間に常滑《とこなめ》の大壺を置いて、蠟梅を活けると、立甫、源助とともに志津を待っていた。

広間に入ってきた志津は蠟梅を見るなり、大壺の前に座り、魅入られたように見つめた。しばらくしてふと、気づいたように胤舜を振り向いた。

「ご挨拶が遅うなって、堪忍しておくれやす。この花はええ匂いがしますなぁ」

笑顔で話す志津に胤舜は頭を下げながら、

「この花はお内儀様に見立てて活けました」

と言った。

「この花がうちどすか――」

志津はあらためて蠟梅を見つめてから、不意に、涙を流した。立甫が驚いて声をかけた。

「お内儀様、どうされました」

志津は袖で涙をぬぐった。

「いえ、昔を思い出して涙が出ただけどす」

「昔と申されますと」

立甫がなおも案じ顔で訊くと志津はにこりと笑った。

「うちの実家の庭にも蠟梅があったなあと思い出したんどす。昔、よう弟と花が咲くころに見たもんどした」

胤舜は静かに口を開いた。

「弟様とは仲がよろしかったのですね」

「はい、ふたりだけの姉と弟やったから、ほんまに仲がよかったんどす。そやのに去年、あないなことになってしもて」

「弟様は病で亡くなられたのですか」

胤舜が訊くと、志津はひややかな顔になって頭を振った。

「いえ、違うんどす。店に盗みに入った盗賊に殺されてしもて。弟はまだ十八歳やったのに」

志津は悔しげに言った。また、涙がはらはらとこぼれる。

亡くなった弟のことを志津はゆっくりと話し始めた。

母は十年前に亡うなりました。それからうちは父と弟といっしょになんとか生きてきたんどす。

うちと吉平《きっぺい》は血ぃのつながった姉と弟ではのうて、うちが父の連れ子やったように、吉平も母の連れ子どした。

若いときに連れ合いを亡くし、幼い子を抱えて苦労してた父は、世話するひとがあって夫婦になったんどす。

母も子を産んですぐに夫を亡くし、どうやって生きていったらええのかわからへんときやったということどす。

うちと亡うなった母はなさぬ仲やったけど、実の子である吉平と何のわけへだてものう、育ててくれはった。

うちは吉平をいとしゅう思い、吉平もうちを慕うてくれた。うちと吉平は実の姉、弟のように仲良う育ったんどす。

そのころのうちの夢は吉平が父の跡を継いで津の国屋の主人になった姿を見ることどした。そうなったら、自分は嫁がずに弟を助けて店のために働きたいとまで思うてたんどす。

なんで、そこまで思うてたのか、いまとなってはようわからしまへん。ただ、うちにとっては、それが幸せなことに思えたんどす。

けど四年前に父が急な病で亡うなってしもた。うちに婿をとって店をまかせようということにな

店をやっていくだけの力は無いさかい、うちに婿をとって店をまかせようということにな

ったんどす。

それで、親戚や番頭から何人かの名があがったんどすが、心配やったんは、もし、婿をとってしもたら、弟は一生、店を継ぐことができひんかもしれんということどした。うちは思いました。父が一代で築いた店やから、何としても弟に継がせたかったんどす。

それで、どうしよう、と迷ってたときに、いまの主人から話が来たんどす。うちが一文字屋に嫁げば、吉平が十八歳になるまで、津の国屋の面倒を見て、それから店を継がせるいう話どした。

ご存じのように主人は金貸しをするほど、お金を持ってましたさかい、若い吉平が店の主人となってからでも後ろ盾になってもろたら、どんなに助かるかわからしまへん。吉平は随分と反対したんやけど、うちは説き伏せて徳兵衛の妻になった。

徳兵衛は約束通り三年の間、店を預かり、吉平が十八歳になるのと同時に引き渡してくれたんどす。

そやのに、去年、店の主人となったばっかりの吉平は盗賊に殺されてしもた。ある晩、店に忍びこんだ盗賊たちが、店の金を洗いざらい奪《と》ったうえ、寝てた吉平の胸に短刀を突き刺して逃げたんどす。

なんで、金を奪るだけでは足りのうて弟まで殺したんやと、うちは嘆き悲しみました。眠ることもできひんし、床に横になっても譫言《うわごと》みたいに弟の名を呼んでたそうどす。もし、なろうことなら、弟といっしょに死にとうおした。本気でそう思うてました。けど、どうしようもないことどした。

弟が亡うなった後、店の始末を親戚の間で話し合うたんどすが、結局、うちの夫である徳兵衛が店を引き受けることになったんどす。

親戚の人たちは、弟が亡うなった後、姉の夫が店を継ぐんが一番ええと思うたんどす。それに、徳兵衛が津の国屋を継いだら、親戚の人たちも徳兵衛に金の無心がしやすうなると思うたんと違いますやろか。

親戚の人たちはうちの話など聞こうともせんと、あっさり話を決めてしもたんどす。おかげで津の国屋の看板は残ったけど、店のもんはぜんぶ徳兵衛のもんになってしもた。うちはどう言うたらええのか、わからへん気持どした。

父が残してくれた店をつぶしとうはなかったんどす。けど、赤の他人の手に渡るんやったら、きれいさっぱりあきらめもついたかもしれまへんが、夫のもんになってしもたと聞かされると、却って父や弟に申し訳ないような気ぃがしてなりまへんどした。

徳兵衛は津の国屋とうちとすべてを労せずして手に入れたんどす。うちは何のために徳兵衛に嫁いだんか、わからんようになった。

いまも一文字屋の内儀として店の者や世間から立てられてますけど、どこかに弟を置き忘れてしもたような気ぃがしてます。どんなに、悔やんで苦しんでも取り返しのつかへんことやのに。うちの胸の中にはいまも大きな穴が開いたままどす。


志津はため息をついて、話を終えた。

胤舜は目を閉じて聞いていたが、ふと瞼を上げた。

「どこかに置き忘れてしまった弟様を見つけたいと言われるのですね」

「そんなことが活花でできますやろか」

寂しげな表情で志津は訊いた。

「活花でできるわけではありません。ただ、花を見て感じる心が何事かを思い出すのだと思います」

「思い出すのどすか？」

志津は首をかしげた。

「はい、置き忘れてしまったものなら、思い出せば、在り場所はわかるのではないでしょうか」

胤舜は志津を見つめた。

志津は胤舜を見つめ返していたが、不意に頰が赤く染まった。

「ああ、お坊様は昔の弟に似てるような気ぃがします。そやからか、弟がいま何かわたくしに言いたいことがあるように思えてなりまへんのどす」

志津は込み上げるものを押えかねるように話し、やがて肩を落としてうなだれた。その様はあたかも美しい花が雨に打たれているかのようだった。

やがて、志津は、二日後に花を活けてくれるよう、あらためて胤舜に頼むと辞去していった。

志津を見送った立甫が感に堪えたようにつぶやいた。

「胤舜が蠟梅を活けたのはようわかったぞ。なるほど、一文字屋のお内儀の匂い立つつややかさが、香のように座敷に満ちていたな」

胤舜は首をかしげて、

「さようなものでしょうか」

と言った。すると、源助が咳払いした。

「胤舜様、蠟梅を活けられたのは、立甫様が言われるように、あの内儀の美しさを表したいと思ったゆえでございますか」

「いえ、わたしは心を見て活けるのだと申しました」

胤舜はきっぱりと言った。源助は、ううむ、とうなってから、

「どうも胸騒ぎがします」

「胸騒ぎですか？」

胤舜はじっと源助を見つめた。

「さよう、胤舜様が一文字屋に花を活けに参られれば何事か、不吉なことが起きるかもしれません」

「なぜ、そんなことを言うのです」

胤舜が訝《いぶか》しそうに訊くと、源助は膝に手をついて胸をそらした。

「ご存じですか。『有毒草木図説』という書物に蠟梅の種子には毒があり、誤りてこれを食すれば卒嘔暴瀉《そつおうぼうしゃ》すとあるのです。すなわち、蠟梅は美しくともひそかに種子に毒を持つ、毒の花でもあるのですぞ」

「まさか、さようなことが――」

胤舜は驚いて蠟梅を見つめた。蠟梅が毒の花だとすれば志津にも毒があるということになるのだろうか。

胤舜には信じられなかった。

三

二日後――
雲ひとつなく、青空が広がる日だった。

胤舜は、荷を持った源助を供にして四条木屋町上ルの木屋町と鴨川に面した東西に奥行きの深い土地に建てられた一文字屋を訪れた。

屋敷は間口が九間、奥行きが十八間、敷地が九百坪ほどあった。座敷から鴨川が望め、東山の山容も一望できるという。

玄関にまわると、使用人がすぐに中庭を通って屋敷の奥の離れになっている茶室へと案内した。

茶室の露地が奥深く続いており、その先に柿葺《こけらぶき》の茶室がある。徳兵衛はこの茶室を無風軒と名付けているということだった。

茶室の入口に志津が待っていた。

胤舜が頭を下げて挨拶すると、志津は言葉少なに挨拶を返してすぐに茶室へと招じ入れた。

茶室には連子《れんじ》窓《まど》や下地窓、竹を詰め打ちにした有楽窓《うらくまど》など三カ所の窓がある。光がほのかに入って茶室の調度を幽玄な趣で浮きあがらせていた。

志津は床の間に置いた竹筒の花入れを見せて、

「これに活けていただけたらと思うんどす」

と言った。どこか、虚ろな様子だった。

胤舜はゆっくり頭を横に振った。

「この花入れではお気に召しまへんか」

志津は微笑した。

「その花入れでは、お内儀様の思う花は活けられぬでしょうから」

胤舜はさらりと言ってのけた。

「ほな、どのようにされるんどす」

「しばし、時をお貸しください。それから一文字屋様とご一緒にお見えになられてくださいませ」

頭を下げて言う胤舜を志津はじっと見つめた。

「よろしゅうおす。お茶会のお客さんが見えるんは夕刻どすさかい、それまで、時はあります。半刻（一時間）ほどしたら参ります」

志津は礼をして出ていった。

茶室にふたりだけになると、源助がたしかめるように訊いた。

「まことによいのですか」

はい、と胤舜がうなずくと、源助は持ってきた荷をほどいた。中から一輪の椿の花を取り出した。

利休が好んだと言われる淡紅色の椿である。胤舜は鋭い目で椿を見つめ、やおら手に取った。

半刻後——

志津が徳兵衛とともに露地に入ってきた。茶室には胤舜がひとりでいるらしく、源助は露地の隅に片膝をついて控えている。

徳兵衛はちらりと源助を見てから、茶室のにじり口から入った。志津も続いた。

ほのかに明るんだ茶室の床の間に向かい合うように胤舜が座っていた。床の間に竹の花入れが置かれているが、花は活けられておらず、空だった。

徳兵衛は茶室の中を見回した。

しかし、どこにも花は見当たらない。徳兵衛は眉をひそめて胤舜を見た。

「胤舜様、花はどこに活けはったんどすか。見当たりまへんな」

「お探しください」

胤舜は静かに答えた。

「探せ言われても、こないに狭い茶室や。見回したら、すぐ目につくはずやおへんか」

「そうでしょうか。茶会のお客の目にふれるようにいたしております。茶会の主人の目だから見えぬのではありませんか。客の目になりください」

胤舜に言われて、徳兵衛は不安げに志津を見た。

「お前には、花のありかがわかるんか」

志津はゆっくりと頭を横に振った。

「わかりまへん。胤舜様には、うちの心の裡にある弟のような花を活けてほしい、てお願いしたんどす。うちはどこかに弟を置き忘れてしもたような気ぃがしてますさかい、見つけられへんでも当たり前どすやろ」

　諦めたような言い方をする志津を徳兵衛は厳しい目で見つめると、意を決したように茶室の中を探し回った。

　床の間をくまなく探し、水屋までのぞき、果ては天井板を持ち上げるまでしたが、どこにもない。

　徳兵衛は疲れ果てた様子で、座り込むと、

「どこにもないやないか」

　とつぶやいた。

「さようです。お内儀様の胸の裡にある弟様はここにはおられぬのです。お内儀様はそのことをはっきり知りたいと思い、わたしに心の裡の弟様を活けるようにと言われたのだと思います」

　胤舜が諭すように言うと、徳兵衛は肩を落として志津を見つめた。

「ほな、わしのもとには、お前の心はないちゅうことか」

　呆然と徳兵衛がつぶやくと、志津は寂しげに微笑んだ。

「ひとの心は、もともと誰のもんにもならへんのと違いますやろか。この世で自分のもとにあると思えるんは、お金だけどす」

　胤舜は立ち上がった。

「だからこそ、お内儀様の心は居場所を求めて彷徨《さまよ》われているのではないかと思います」

花はこちらにあります、と言って胤舜はにじり口から外へ出た。徳兵衛と志津は顔を見合せた後、ためらいながらも胤舜に続いた。

胤舜は源助の傍らに立っていた。徳兵衛と志津が露地へ出てくると、胤舜は源助に声をかけた。

「お見せしなさい」

源助は横に体をずらせた。

徳兵衛ははっとした。

いままで源助がいたところには、丸い穴が開いており、まわりは石で縁どられている。茶室の露地に設けられる塵穴《ちりあな》だった。

茶人は客を招く露地に落ちる木の葉などを地面に開けた穴に入れておく。これを塵穴と呼ぶ。

徳兵衛と志津は塵穴をのぞきこんだ。

塵穴の中には青竹と落ち葉が敷き詰められ、水が溜まっていた。水の表面には青空が映っており、真ん中に淡紅色の椿が一輪、浮いている。

「こないなところに」

徳兵衛は息を呑んだ。志津は何も言葉を発せず、まじまじと椿を見つめている。しばらくして徳兵衛は、

「何ちゅう工夫や。驚いたなぁ」

と感嘆したように言った。

「利休忌でおふたりにお会いしたので、利休様の椿をお見せしたのです」

胤舜は、わたしの工夫ではありません、と言ってから、利休の故事について話した。

かつて利休が椿の花を見せるという趣向で茶会を開いたことがあった。

招かれた客たちがどのような趣向かと楽しみに来てみたが、茶室には椿が見当たらない。

どこにあるのか、と床の間や道具類にも目を凝らして散々探したが見つけることができない。

とうとう、客たちが音をあげると、利休は露地の塵穴を見せた。そこには、色鮮やかな椿が入れてあった。

塵穴の椿は露地を美しくととのえていたのだ。

「塵穴は心の塵を落として、茶室に向かうためのものだ、と思います。しかし、お内儀様の心にはいまなお昔のことが残っているようです」

胤舜が言うと、徳兵衛はうなずいた。

「志津の心にはいまも実家や、弟のことが大きゅう残ってるのはわかってました。早うそこから離れて欲しい思うて、弟の一周忌の茶会もやることにしたんどす」

徳兵衛が話している間に、志津は手を伸ばして塵穴の椿を手にとっていた。志津は椿を持って胤舜を振り向いた。

「胤舜様、よう活けてくださいました。この椿はうちが置き忘れてきた弟の吉平そのもんどす。これを茶室の竹の花入れに活けて参りとうおすが、よろしゅうおすか」

志津に言われて、胤舜はうなずいた。

徳兵衛がともに茶室に入ろうとすると、志津はやわらかに言った。

「お呼びするまで待っておくれやす。この椿だけはひとりで活けとうおすのや」

志津は静かに茶室に入っていった。

胤舜たちが待つほどに、茶室からは竹の花入れを扱っているらしい音が聞こえてきた。しかし、しばらくして、音がぴたりと止まった。

その瞬間、源助が、

「いかん」

と怒鳴って立ち上がると、茶室に飛び込んだ。徳兵衛も血相を変えて続き、胤舜も茶室に入った。

床の間には竹の花入れが置かれ、淡紅色の椿がさりげなく活けられていた。その前に志津が珊瑚の簪を手に倒れている。

簪でのどを突いたらしく、迸《ほとばし》った血が床の間に飛び、椿の花もわずかに赤く染めていた。

「志津――」

徳兵衛が悲鳴のような声をあげて抱え起こしたが、すでに志津の顔色は蒼白で息が細かった。

「なんで、こないなことをしたんや」

徳兵衛が涙ながらに言うと、志津はかすれた声をもらした。

「申し訳おへん」

さらに言葉が途切れ途切れに続いた。

「うちは死なはった父や母、それに弟の吉平のとこへ行きとうおす。うちが吉平を置き忘れてたんではのうて、うちが家族に置き忘れられてたんどす」

最後に、

——堪忍しておくれやす
とつぶやくように言って息を引き取った。

徳兵衛は嗚咽した。

志津の通夜、葬儀と野辺の送りが終わってから、胤舜と源助は三日ぶりに大覚寺に戻った。

広甫の居室に入って胤舜はすべてを報告した。

「一文字屋の内儀を生かすことができなかったのは、そなたの活花がいまだ未熟であるゆえだ。花を生かそうとする者がむざむざとひとを死なせて何とする」

広甫は厳しく言った。胤舜はうなだれた。

役人が来ての調べで志津は居室に遺書を遺しており、死を決意していたことがわかった。

茶会で弟を偲ぶ花を見たいと言ったのは、そのためだったのだ。

志津がそれほど固く死を思っていたのをなぜ察することができなかったのか、と悔やまれてならなかった。

「利休忌の菜の花には生きようとする望みがあると思いました。花はそのような力を持つと思って参りましたが」

胤舜は唇を噛んだ。

「花にその力はある。しかし、ひとが引き出してこそ花の力は顕《あらわ》れるのだ」

広甫は噛んで含めるように言った。

「そのような花をどうしたら活けることができるのでしょうか」

胤舜は峻厳な広甫の顔を見つめた。

「生きることに、たんと苦しめ。苦しんだことが心の滋養となって、心の花が咲く。自らの心の花を咲かせずして、ひとの心を打つ花は活けられぬ」

言い置いて広甫は立ち上がった。

「ただいまより、仏壇に供花《くげ》の花を活ける。そなたもともに参れ」

広甫に言われるまま、胤舜は従った。縁側を歩み、本堂に近づくにつれて読経が聞こえてくる。

胤舜は歩みながら手を合わせた。志津の最期を思い浮かべたとき、竹の花入れに活けられた利休好みの椿を思い出した。

志津の死と利休の凄絶な最期が重なり合う。利休は秀吉に命じられたがゆえに自害したのではないだろう。

生きようと思えば生きることはできたはずだ。しかし、秀吉が治める天下に自分の生きる場所はない、と思ったから死を選んだのではないか。

そうだとすると、志津の最期を利休が好きであった椿が見送ったのは、何よりの手向けであったのかもしれない、と思った。

その時、庭先から梅の香が漂ってきた。見ると庭の白梅がほころびている。

ふくよかな香りだった。

胤舜は、その香りの中に、蠟梅の艶やかな匂いをかいだ気がした。

花くらべ

［山桜］

一

胤舜は大覚寺の一室で師の不濁斎広甫から、

「三日後、〈花くらべ〉をいたすように」

と命じられた。古来、わが国で花と言えば桜のことである。宮中では東西ふたつの組に分かれ、それぞれが手にした桜の見事さを競い、あわせて和歌を詠じる遊びを〈花くらべ〉と称した。

この〈花くらべ〉に倣って、桜を活けて相手と競えというのだ。しかも、活けた桜に和歌を添えねばならない。すでに三月に入り、京の花の名所は桜が満開である。嵯峨野も春霞のごとき桜が彩っていた。そんな時季に〈花くらべ〉をするようにと広甫から言われて胤舜は当惑した。

「お師匠様、桜を活けることはできますが、それにあわせて和歌を詠じるなど、素養のないわたしにはできません」

「何も自ら作れとは言っておらん。古歌をそえるだけでよいのだ」

広甫は穏やかに告げた。しかし、胤舜は困った顔になった。

「わたしは古歌もよく知らないのです」

「だからこそ、このおりに学べと言っているのだ。活花はひとの心を活けるものだ。そのためには古人の心も知らねばならぬ。和歌については祐甫に教えてもらえばよい」

広甫は胤舜の兄弟子である祐甫の名をあげた。近江の地侍の子である祐甫は俗名を佐々市太郎という。幼いころより仏門に入り、経典に通じていたが、それだけでなく歌道にも精進してきた。

祐甫に教えてもらえ、と言われて胤舜はほっとした。それにしても〈花くらべ〉で桜の活花を競わなければならない相手についてはまだ聞いていなかった。

「どなたと〈花くらべ〉をいたすのでしょうか」

胤舜が首をかしげて訊くと広甫はにこりと笑った。

「公家の橋本様の姫様姉妹である」

「姉上様と妹御様のおふたりということでございましょうか」

胤舜は目を丸くした。

「そうだ。姉君様は伊与子《いよこ》様と言われ、大奥にお仕えしておられる。また妹君様は理子《りこ》様で、近く御三家の水戸家へ上がられるそうだ。京から大奥へ上がる女人は多いが、姉妹そろって大奥と御三家へ上がるのは珍しい。よほどに才色兼備の姉妹であろうな」

広甫は淡々と言った。

「さような方がなぜわたしと〈花くらべ〉をされるのでしょうか」

「さて、それは伊与子様が思いつかれたことらしいゆえ、わたしにもよくわからぬ。伊与子様は誰ぞから、そなたのことを聞いて、活花の腕前を見たいと思われたらしい。あるいは何かお考えがあるのかもしれぬな」

さりげなく広甫は答えた。

伊与子は四年前の文政九年（一八二六）、江戸へ下向した。十七歳のときのことである。妹の理子は四歳違いで今年十七歳、胤舜よりもひとつ年上になる。

〈花くらべ〉は大覚寺で行い、姉妹が活ける花や花器などは用意しておく。胤舜はふたりの姉妹相手にそれぞれ花を活け、広甫が判定をするのだという。

「おふたりとも、まさに花のように美しき女人であろうゆえ、〈花くらべ〉はおふたりを眺めることであるかもしれぬな」

広甫が珍しく軽々とした口調で話すことが胤舜を驚かせた。大覚寺の花務職である広甫は普段、仏のために花を活ける。荘厳にして清浄な活花は広甫の厳しい心を表していた。そんな広甫が女人を花にたとえて言うなど初めてのことだ。

伊与子と理子には、そんなことを思わせるところがあるのだろうか。そう思いつつ胤舜には気になることがあった。

「それにしても伊与子様は大奥に上がられたというのに、よく京にお里帰りなされました。大奥に上がれば年を取り、隠退するまで江戸城の奥から出られないのが定めだと聞いておりますが」

あらためて不思議そうに胤舜は訊いた。

「伊与子様は将軍家の和姫様付き女中となられ、上臈《じょうろう》年寄に出世されたそうな。和姫様と長州藩世子の毛利斉広《なりとお》様の縁組がととのい、昨年、毛利家に輿入れされたため、伊与子様も毛利家の桜田上屋敷に移られたとのことだ。和姫様は何分にもご病弱だそうで、此度《こたび》は京の社寺に和姫様の病平癒を祈願するためということだ」

「さようでございますか」

主人の病平癒の祈願のために京に戻った伊与子が、なぜ〈花くらべ〉などしようとするのだろうか、と胤舜は訝しく感じたが、自分が気にすることではないと思い返した。

それよりも、かつてしたことのない〈花くらべ〉でどのように桜を活けたらよいのか想を練らねばならない。胤舜はため息をつき、広甫に頭を下げて部屋を出た。

その足で祐甫の部屋に行くと、〈花くらべ〉をすることになった、と告げ、古歌について教えて欲しいと頼んだ。

色白でととのった顔立ちの祐甫は、胤舜の話を聞いて目を丸くした。

「それはまた難儀なことだな」

「はい、わたしには古歌のことはわかりませんから。教えていただきたいのです」

胤舜が頭を下げると祐甫は苦笑した。

「さて、桜にちなむ和歌は古来、多いだけに却って難しいな」

「祐甫さんでも迷われますか」

胤舜は当惑した。

「それはそうだが、胤舜はどのように桜を活けるつもりなのだ」

祐甫は興味深げに胤舜を見た。

広甫の門弟のうちでも最年少の胤舜は、これまでにも兄弟子たちを驚かせる花を活けてきた。もはや弟弟子の才は認めないわけにはいかないだけに、師から困難な命題を与えられた胤舜がどうするのか祐甫は知りたいのだ。

胤舜は少し考えてから答える。

「伊与子様はお仕えする和姫様の病気平癒を祈願するため京に戻られたとのことですから、心願がかなう花、理子様はこれから水戸家へ上がられるそうですから、旅立ちを寿《ことほ》ぐ花をと思っております」

祐甫はうなずいて話を続ける。

「なるほどな。しかし、そのように相手のためを思う花を活けて〈花くらべ〉に勝てるものであろうか」

「花を活けるのに勝ち負けを競うことはいらない、と存じます。花はひとの心を慰め、明日への力を得てもらえばよいのではないでしょうか」

明るく言う胤舜を祐甫は微笑んで見つめた。

「花は競わぬものか。たしかに胤舜の言う通りだと思うぞ。しかし、そのことならばお師匠様はとっくに存じておられるであろう。それなのにお師匠様が公家の姫様の申し出をお断りなされず、そなたに〈花くらべ〉をお命じになったのは、何か考えがおありゆえではあるまいか。そのことも考えていたほうがよいのではないか」

諭すように祐甫に言われて胤舜の頰は見る見る赤く染まった。

「ああ、祐甫さんのおっしゃる通りです。わたしはそこまで考えが及んでいませんでした。お恥ずかしゅうございます」

「何もそれほど恥ずかしがることはない。それにしても、伊与子様と理子様はさぞやお美しい姫君であられるのだろうな」

祐甫はなんとなくため息をつきながら言った。

「大奥や御三家の奥に仕える方ですから」

伊与子と理子の姉妹はまことに美しいに違いない、と胤舜は思った。

祐甫に言われて、ぼんやりと大沢池のほとりに咲く桜の下に佇む、はなやかな彩《いろどり》の着物をまとった姉妹の姿を思い浮かべた。

桜の花びらが風に散って姉妹を包む様が池の水面に映っている。そんな光景を脳裏に浮かべた胤舜はふと、胸がときめくのを感じた。

三日後――

胤舜は寺男の源助とともに大沢池のまわりの桜を見てまわった。源助は腰に鉈《なた》を差している。胤舜が気に入った桜の枝を見つけたら、すぐに斬るためだ。

空はよく晴れていた。

胤舜が大沢池のほとりを桜に目を遣りながら歩いていると源助が大声でつぶやいた。

「桜切る馬鹿、梅切らぬ馬鹿、と申しますぞ。桜の枝は切ると腐りやすく、それにくらべて梅は回復が速いそうではありませんか。胤舜様は馬鹿になるおつもりですかな」

「活けるために切るのは桜の小枝だけですから、心配はいりません」

胤舜は歩きながら答えた。

「それならばよいですがな」

胤舜はやがて、池のほとりから小高いところにある山桜に目を止めた。青空に白っぽい淡紅色の花びらが光を帯びたように映えている。

山桜に近寄った胤舜は、手を上げて上の方の枝を二本、お願いします、と静かに源助に告げた。

源助はうなずくと、無造作に跳び上がった。

桜の小枝に、ちょん、ちょんと鉈でさわったかと思うと、花びらが散らぬように二本の小枝を手にしてふわりと地面に降り立った。

「これでよろしいかな」

源助は山桜の枝を胤舜に差し出した。胤舜は受け取って、花びらを見つめ、にこりとした。

「ああ、これです」

満足げに胤舜が言うと源助はしげしげと山桜を見つめた。

「胤舜様は〈花くらべ〉をされるのでしょう。それなのにさように変哲もない山桜でよろしいのですか」

「変哲もない山桜だからこそよいのです。わたしは慎ましやかな花が好きですから」

「しかし、相手は公家の姫でしかも大奥に仕えておるというではありませんか。さぞ艶やかな女人であろうと思いますぞ」

源助は首をひねりながら言った。

「たとえ、どのようにはなやいだひとであっても、もとは一輪の山桜として慎ましやかに咲いていたのではないでしょうか」

「なるほど、そうかもしれませんな。しかし、胤舜様がさように女人に通じておられるとはまことに意外ですな」

源助はからからと笑った。恥ずかしそうに胤舜は言葉を継いだ。

「わたしには女人のことなどわかりません。されど、花を活けておりますと伐《き》られた花が活けられてから萎《しお》れるまでの時の短さを思わずにはいられません。咲いた花は、散らねばならぬ悲しみを負っているのだと思えば、なんとのう女人も同じように思えてしまうのです」

「それはまた、やさしき心遣いではございますが、生きとし、生けるものは皆同じではありませんかな。生まれたからには死ぬ定めでございますよ」

何事かに思いをはせながら、源助は言った。

「たしかにそうですが、女人は花のごとくひとからいとおしまれ、また自らもひとをいとおしむのではないでしょうか」

「それゆえ、同じ散る定めでも女人は悲しみが勝ると言われますか」

源助がたしかめるように訊くと、胤舜は、

「わたしはそんな気がいたします」

と答えて山桜を大事そうに抱えて歩き出した。

さわやかな風が吹き、大沢池の水面に波紋が広がっていった。

二

昼過ぎになって伊与子と理子が数人の供と訪れた。

伊与子は金地に牡丹の模様、裏は紅絹《もみ》の打掛を羽織り、白い練絹の合着を着て白羽二重の下着の襟がのぞく。黒々とした髷を豊かに結い、帯は文庫に結んでいる。

理子は鬱金綸子《うこんりんず》に桜花を散らした小袖で浅葱《あさぎ》色の帯を締め、髪は公家らしくおすべらかしだった。

姉妹だけにどこか似ているが伊与子が目鼻立ちのはっきりしたはなやかな顔立ちで理子は清楚で慎ましやかだった。

伊与子と理子は広甫に挨拶した後、広間へと通された。その間に各部屋の襖絵や障壁画を垣間見た。

大覚寺の宸殿の襖絵は、いわゆる〈京狩野〉の狩野山楽が描いた〈牡丹図〉である。襖一面に描かれた牡丹の艶麗さに伊与子と理子は息を呑んだ。

理子はため息をついて伊与子に言った。

「姉上様、なんと美しい牡丹なのでしょうか」

「さようですね。こんな牡丹は江戸城にもありません」

伊与子は微笑んで言うと、広甫に顔を向けた。

「わたくしたちが活ける桜は用意していただいておりますか」

「はい、しだれ桜を。胤舜は山桜を活けるようでございます」

広甫は軽く頭を下げて言った。

「まあ、それでは勝負は決まったようなものでございますね」

伊与子はあでやかな笑顔を見せた。

「さて、どうでしょうか」

広甫は穏やかに言った。

「たとえ、どのような山桜であろうと、しだれ桜の方が美しさは勝っておりましょう」

伊与子が言い放つと理子は口を開いた。

「姉上様、美しさを決めるのはひとの心でしょうから、あらかじめ決めつけないほうがよろしいのではありませんか。わたくしは山桜が好きでございます」

伊与子はちらりと理子の顔を見た。

「おや、そうでしたか。わたくしが京を離れ江戸に赴いたころのあなたは、まだ幼さが抜け切らず、自分の好みなど言えない娘でしたが、やはり変わるものですね」

何事か考えるように言うと伊与子は前へ進み始めた。理子はそんな伊与子に素直に従ってついていく。

広間に入ると、六曲一双の屏風が引きまわされて緋毛氈《ひもうせん》が敷かれていた。屏風は金地に四季の花木や鳥類、流水、遠山が精密な描写で描かれている。

屏風の傍らに置かれた黒漆塗り桶のしだれ桜と山桜の明るい色合いが目についた。あたかも広間に光があふれたようだ。広間の隅にいかにも少年めいた小柄な僧侶が墨染めの衣姿でひかえている。

胤舜だった。そばに祐甫と源助が控えて花を活ける手伝いをしている。

緋毛氈に座った伊与子は胤舜を見つめて、

「そなたが胤舜殿ですか」

と声をかけた。かたわらに座った理子も胤舜に目を遣る。見返した胤舜はなぜか頰を染め、手をつかえて頭を下げた。

祐甫と源助も頭を低くした。

「さようでございます」

伊与子の声に応じたまま、胤舜は目を伏せてふたりを見ようとはしなかった。胤舜の胸に女人の像が浮かんだ。今、生きているかどうかも定かでない母の萩尾だった。理子は母に似ている。その思いが胤舜をうろたえさせた。その様を見て伊与子と理子は目を見交わして、くすりと笑った。伊与子が笑みを含んで、

「まことに清げなお坊様であられること」

とからかうように言うと、理子はさりげなく言葉を添えた。

「杉林を吹き抜ける風のような清々しさにございます」

理子の言葉には胤舜へのやさしさがなぜか込められていた。

ふたりの言葉を耳にして胤舜は肩をすぼめた。

祐甫と源助は驚いて顔を見合わせた。伊与子は艶冶《えんや》な風情でゆったりと声をかけた。

「大覚寺に年少ながら見事な花を活ける僧がいると聞いて腕前を見に参りました。なぜなのかわかりますか」

いきなり問われて胤舜は戸惑った。ゆっくりと頭を横に振って答える。

「いえ、いっこうにわかりません」

「そうですか。ならば〈花くらべ〉の後で話すことにいたしましょう」

伊与子はそう言って、黒漆塗り桶のしだれ桜に目を遣った。

「はなやかですね。しかし、わたくしども姉妹がそろってしだれ桜を活けては〈花くらべ〉になりますまい」

伊与子から問いかけるように言われて広甫は首をひねった。

「しからば、どうされたいのでしょうか」

「わたくしはしだれ桜を活けますが、もう一本のしだれ桜は胤舜殿に活けていただき、妹は山桜にしていただきたいのです。妹は山桜が好きなようですから」

伊与子は平然として言った。広甫は振り返って胤舜に顔を向けた。

「伊与子様はかように仰せられるが、いかがじゃ。すでにいかに活けるか想を練っておれば、花を変えることは難しいかもしれぬが」

胤舜はにこりとした。

「いえ、その方がわたしにとっても活けやすいかと存じます」

広甫はじっと胤舜を見つめた。

「ほう、ということは、この場で想を改めるのか」

「はい、もともとおふたりを花に見立てて活けるつもりでございました。ごきょうだいゆえ、同じ山桜でよいかと思いましたが、お会いしてみると違う気がいたします」

胤舜が淡々と言うと、伊与子は、ほほ、と笑った。

「わたくしたち姉妹はあまり似てはいないのです。さしずめわたくしがしだれ桜で妹が山桜なのでしょうね」

気ままに言ってのける伊与子の言葉を聞きながら理子は微笑むばかりで何も言わない。

胤舜を見つめる理子の目には親しみの色がある。それを感じた胤舜は目を伏せた。

広甫が、さて、〈花くらべ〉を始めましょうか、と告げた。

胤舜と伊与子、理子はそれぞれ花と花器の前に座った。

祐甫と源助が花器や花材を運ぶ。

緋毛氈の上に美濃紙が敷かれ、万作や山茱萸《やまぐみ》、連翹《れんぎょう》などの山野の草花が花材として添えられている。しかし、伊与子と理子は他の花材には目をくれず、花鋏を手にそれぞれしだれ桜と山桜だけを活けた。

しばらくの沈黙の後、伊与子が花鋏を置いて、

「硯《すずり》と筆を――」

と声をかけた。小坊主が硯と筆、さらに短冊を添えて渡し、伊与子は何事か考えつつ、墨をすり、筆をとって短冊に和歌を認《したた》めた。

理子もまた、落ち着いた所作で花鋏を置くと、筆をとり、短冊に書いた。そのころになって胤舜も花を活け終わり、短冊を手にした。

「もはや、できましたな」

広甫が声を発すると伊与子と理子はそろって頭を下げた。胤舜も二枚の短冊に認め終

わって頭を下げた。

広甫は伊与子が活けた花の前に座った。

唐銅水盤《からかねすいばん》に水を満たし、枝を短く切ったしだれ桜を横に這わせ、先端が畳にふれるかふれないかまで垂れている。

水盤の水にしだれ桜がわずかに映り趣を添えている。そばに置かれた短冊を手にした広甫は、和歌を読みあげた。

一目見し君もやくると桜花けふは待ちみてちらばちらなむ

古今和歌集にある紀貫之の歌である。桜の花を一目見て帰ったひとが戻ってくるかもしれないから、一日だけ散るのを待ってくれ、それでも訪れないなら、そのときは散るならば散ってくれ、という歌だ。

和歌の思いを重ねてみれば、横に伸びたしだれ桜が、寝床に横たわりながら、想い人が訪れる気配はないかとふと体を起こした女人のようにも見えてくる。

広甫はうなずいただけで、何も言わなかった。その間に源助が胤舜の活花を運んで伊与子の花のそばに置いた。

山桜が三輪、白磁の徳利に活けられている。ただし、花は正面を向かず、やや左にかしいでいる。

「この花はあたかも風にそよいでいるかのようだな」

広甫はつぶやくと、目を活花の背後に遣った。そこには四季の花鳥が描かれた金屛風がある。

「そうか、風はあの屛風に向かって吹いておるか」

胤舜の活けた山桜は風に吹かれて屛風絵に向かうように見えた。金地の屛風絵には、桜を始め山野の花々が描かれている。

活花と屛風絵の美しさが重なり合うかのようだ。

広甫が屛風絵を見つめると、伊与子は苦笑して口を開いた。

「屛風絵まで景色に見立てて花を活けるとは考えがおよばぬことでした。どうやらわたくしの負けのような」

伊与子の言葉に広甫は答えず、短冊を手にして和歌を読んだ。

花散らす風の宿りは誰か知る我に教へよ行きてうらみむ

花を散らす風が泊まっているところを知っているひとがいたら、わたしに教えて欲しい、行ってせっかくの花を散らす恨み言を言ってやろう、という古今和歌集の素性《そせい》法師の歌である。

「散る花とは、わたくしが仕える病篤《あつ》き和姫様のことでありましょう。胤舜殿は惜しんで、さように思うてくれますのか」

伊与子はかすかにため息をついた。

和歌を選んだ祐甫はほっとした表情になり、胤舜に顔を向けた。

胤舜は微笑を返す。

広甫は短冊を畳に置くと立ち上がり、あらためて理子が活けた花の前に座った。

青竹の筒に山桜が無造作に投げ込まれている。

よく見ると山桜の花のそばにまだ咲かぬ小さな蕾《つぼみ》をつけた小枝が添えられている。山桜、一輪だけの潔さとともに、蕾に託した明日への思いが感じられた。

広甫が和歌を読んだ。


　桜色に衣は深く染めて着む花の散りなむのちの形見に

桜が散る前に衣を桜色に染めて着よう、そうすれば桜の美しさをいつまでも忘れずにいられるであろう、という古今和歌集の紀有朋の和歌だ。

これから江戸に下り水戸家に仕えることになる理子は、京を忘れぬように心に染みこませたいと思っているのかもしれない。

広甫が読み上げる和歌を聞きつつ胤舜はじっと青竹の山桜を見つめた。その様を見た伊与子はくすりと笑った。

「わたくしは胤舜殿に負けたと思いましたが、胤舜殿は理子に負けたと思っているのではありませんか」

伊与子の言葉に、理子は眉をひそめた。

「姉上様、おたわむれを――」

たしなめるように理子が言うと、伊与子は笑って軽くうなずいて目を転じた。

理子の花の隣に据えられた常滑の大壺には、胤舜がしだれ桜を活けている。しだれ桜は大壺の茶色の地肌の上を這ってあたかも日焼けしたたくましい男の背をかき抱く女人の腕のように白く輝いて見えて艶やかだった。

広甫は思わず、ほう、と嘆声を発した。

かたわらに置かれた短冊を取り上げた広甫がちらりと目を遣ると胤舜は目を伏せた。花に添える和歌は祐甫に選んでもらった。

祐甫は和歌を書いた書き付けを渡して、

「この中から心に添う和歌を選べ。よい和歌を選ぼうとするな。わが心に響く歌を選ぶのだ」

と教えた。

花を活け終えてからこころに添った和歌を短冊に認めようとしたのだが、理子を相手にすると、思いがけない和歌が浮かんだのだ。

広甫は和歌をゆっくりと読み上げた。

もろともにあはれと思へ山桜花よりほかに知る人もなし

わたしがいとおしむように、あなたもわたしをいとおしんでおくれ山桜よ、花よりほかにわたしの心を知るひとはいないのだからという前大僧正《さきの》行尊の金葉和歌集の歌だった。山桜にたとえながら、ひそかにわが恋の思いを告げる歌と言えるかもしれない。祐甫が思わず首をすくめ、源助が、ほおう、とのどから声を出した。胤舜には理子への思いがあるのではないか。

理子は和歌を耳にしつつ、大壺に活けられたしだれ桜を静かに見据えた。しばらくして伊与子が何気なく、

——羨ましきこと

とつぶやいた。理子が訝しそうに訊いた。

「姉上、何がうらやましいのでございますか」

「わかっておろう。ひとは出会うて心が結び合うことがある。されど、わたくしは大奥にいて誰とも心結び合うこともなく、いままで過ごしてきたのです」

伊与子の声には翳《かげ》りがあった。それを振り払うように伊与子は広甫に顔を向けた。

「さて、〈花くらべ〉は誰が勝ったのか教えていただきましょうか。わたくしどもに遠慮は無用でございますぞ」

広甫は微笑した。

「勝ち負けならば、すでに決まっております。〈花くらべ〉は花を競うもの、胤舜はそれに添うたまでのことにて、勝ち負けを言うなら、女人である伊与子様と理子様のほかにはありますまい」

「それでは端《はな》から〈花くらべ〉などできないということになりましょう。押して、まことの判定をお願いいたします」

さて、困りましたな、とつぶやいた広甫は、

「では、活花としては、ということで申し上げましょう」

とあらたまった口調になった。

「まず、最初に胤舜が活けた山桜はなるほど、屏風絵を背景に見立てたのは見事ではございますが、生きた花と絵の花はやはり違うものでありましょう。いかに、その場での工夫がすぐれていようとも、同じ活け方ができるはずもないとあっては、認めるわけには参りません」

「さようなものでしょうか」

「さらに次のしだれ桜でございますが、およそ、活花と申すはまず、神仏に供えるものでございます。大壺をかき抱くしだれ桜を神仏に捧げるのは憚《はばか》られます。ゆえに、これもまた活花の道からはずれております。あらためて修行いたさねばなりますまい」

「それはまた厳しい判定をなさいます」

伊与子はわずかに首をかしげた。

広甫は言葉を継ぐ。

「胤舜にくらべておふたりは自らの心を花と和歌に託されているのがよくわかりました。つまるところ、花は心だと存じます。おのれの思いを吹き込むことによって、野にあった花が活花となるのでございます。わたしが此度の〈花くらべ〉を胤舜に命じたのは、花におのれの思いを吹き込むことを覚えさせたかったからなのです」

はて、広甫様は深い考えをお持ちでございますな、と笑った伊与子は胤舜に向き直ると真面目な顔になった。

「先ほど、〈花くらべ〉の後にお話しいたしたいことがあると申したのを覚えておいでですか」

胤舜は戸惑いながらもうなずいた。

広甫は、やはり、伊与子様には何かお考えがあってお見えになったのですな、とつぶやいた。伊与子は頭を下げて口を開いた。

「胤舜殿に還俗《げんぞく》して江戸に出ていただきたいのです」

伊与子はさりげなく言った。

「還俗して江戸に出るのでございますか」

胤舜は目を瞠《みは》った。

「さようです。わたくしどもとともに江戸に参りましょう」

「なぜ、さようなことを言われるのでしょうか。わたしは還俗するつもりなどございません」

胤舜がきっぱり答えると、伊与子は眉を曇らせた。

「あなたの命が危ういと申し上げても還俗はなさいませんのか」

「命が――」

胤舜は驚いて広甫を振り向いた。祐甫と源助も緊張した表情になる。

広甫は厳しい視線で伊与子を見つめつつ口を開いた。

「僧侶にとって還俗するか否かは生涯の大事でございます。なぜ胤舜に還俗を勧められるのか、さらには命が危ういとはいかなることか、お聞かせください」

「それは――」

伊与子が口ごもると側の理子が言った。

「胤舜殿が江戸城西ノ丸老中、水野忠邦様の御子であるからです」

伊与子は大きくため息をついて、なぜ胤舜を還俗させ、江戸に伴おうとするのかについて話し始めた。

ほんのりと頰が赤く染まっている。

ありません。

三

わたくしは大奥に仕えて参りましたが、その間、表向きの方たちと接しないわけでは
上様が奥におなりになっている間にも御用向きやお使いなどの口上をお伝えしなければならないことがあるからでございます。

本丸御殿は、上様が政《まつりごと》をされる表向きとくつろがれる中奥と大奥の三つに分かれております。さらに大奥には御殿と長局、広敷《ひろしき》がございます。

無論のこと、大奥は男子禁制となっておりますが、広敷の膳所という一角には、殿方の台所役人が詰めておりまして上様始め大奥の食事を調理いたします。

この広敷と大奥御殿の間は御広敷御錠口《おじょうぐち》によってのみしか出入りができませんから、老中などの表役人が大奥務めの女中の中でも御年寄の役にある者と対談する際は〈御広座敷〉という部屋を使います。

わたくしも上臈を務めるようになり、ご老中様たちと〈御広座敷〉でお話をいたすことが時折りございました。そんな中で西ノ丸老中の水野様と言葉をかわす機会があったのでございます。

水野様は俊秀であるとの評判が奥にまで聞こえておりましたので、わたくしはいかな

る方であろうと気を張ってお会いしたのです。

水野様のことを考えるのはわたくしにとって楽しいことでした。

ところが水野様は控えの間でお目にかかるなり、大奥は費《つい》えが多いと厳しい口調で言われました。これは聞き捨てにできないとわたくしは思いました。

水野様はいずれ本丸老中にまで登られるお方です。その際に大奥を締め付けるようなことがあれば、大変だと思ったのです。

意志が強く、自らの思いをなしとげねば気がすまぬ水野様が、大奥の費えを減らそうと思えば必ずや成し遂げられましょう。

一度はこのことについて申し上げねばならないと思っておりましたわたくしは、ある日、〈御広座敷〉での対面のおりに、

「水野様は側室をお持ちでいらっしゃいますか」

と問いかけました。

大名家は何より御家存続を図るのが大事でございます。このため側室のいない大名などいないことはわたくしもよく承知いたしておりました。

水野様はなぜ、そのようなことを訊かれるのかわからず、訝しげな表情をされて、おりまするが、それが何か、と申されました。

わたくしは笑みを浮かべて、それはよろしゅうございます、ご老中方はご正室ばかりか側室まで持たれて家を栄えさせることがおできになります。

それに引きかえ大奥の女子《おなご》たちは嫁ぐことも、子をなすこともなく、ひたすら上様のお為にお仕えいたすのでございます。その費えが多いと申しましてもご老中方が側室を置かれることに比べれば、他愛もないものではございますまいか、と申し上げたのです。

水野様は黙って聞いておられましたが、わたくしが言い終えると、はは、とお笑いになりました。そして、

「なるほど、さような思いで上様にお仕えしておられるお女中方の費えならば多いとは申せぬでしょうな」

と言われたのです。わたくしはとっさに手をつかえ、頭を下げて、

「ご無礼を申し上げました」

と詫びました。しかし、水野様はお叱りになるどころか、

「わたしは自らの思うところをはっきりと口にするひとを好もしいと思います。幕府の役人はいずれも上に媚びへつらい、およそ自らの考えは述べず、そのくせ、面従腹背する輩《やから》が多すぎます」

と日ごろから、思っておられたことを口にされたのです。わたくしはあらためて水野様のお顔を眺めました。厳しく、目が鋭いだけでなくおのれを律する清々しさもお持ちの方だと思うと何やら嬉しく、温かな心持ちになりました。

その日から、わたくしは〈御広座敷〉で水野様とお会いしたおりには、こまごまとしたことまで親しくお話をするようになったのです。

昨年、和姫様付となり、毛利家に移る際にもご挨拶を申し上げました。そのおり、和姫様がご病弱ですから、一度、京の社寺に祈願に参ろうかと考えております、とお話ししたところ、水野様はしばらく考え込まれてから、

「それならば、お頼みいたしたいことがござる」

と言われたのでございます。それが胤舜殿のことだったのです。水野様は実は京の大覚寺でわたしの息子が僧侶となっているが、その息子の身が気遣われるのだ、と仰せになったのです。

「もとから言えばわたしの不徳なのだが、唐津から浜松に移る際、家中には随分と不満を持つ者が多かった。わたしが幕閣に入るために家臣、領民を犠牲にしたのだと言われれば一言もない。それでわたしを恨むのであればやむを得ぬが、中にはわが藩を飛び出し浪人となってまで、わたしのまわりの者に危害を加えようと考える不届き者がいるようなのだ」

水野様は苦々しげに仰せになりました。わたくしは水野様のためにいたたまれない思いになり、

「さような不埒な者たちは捕えてご成敗になればよろしいのではございませんか」

と申し上げました。しかし、水野様はこれから本丸老中になられようとする御方だけにそんなことをして家中の取締り不行き届きということになれば、せっかくの出世の道が閉ざされてしまう恐れがあったのです。水野様はそう話されるとともに、

「無論、わたしは出世のことだけを考えているわけではない。本丸老中となり、この国の政を変えたい。さもなくばこの国は亡びてしまうとまで考えてのことなのだ」

と胸の内を明かしてくださいました。

そして、わたくしに京に参ったおり胤舜殿に会い、還俗を勧め、江戸に出てくるよう、説いて欲しいと言われたのです。

わたくしは水野様のお頼みを何としても果たそうと思いました。そして、毛利家の江戸屋敷に移ってから機会をうかがっておりましたが、なかなかよいおりがございませんでした。

ようやく此度、京に戻ることができたので、〈花くらべ〉という口実で胤舜殿に会いに参ったのです。胤舜殿が江戸に出られたならば、わたくしがおります毛利家か妹がこれから参る水戸家にてお引き受けすることができると存じます。

どうか思い切って還俗していただきたいのです。

伊与子が話し終えても胤舜は青ざめた顔でうつむき、黙している。そばに寄りそった祐甫が心配して、

「どうした。何かお答えしなければ申し訳ないぞ」

と囁いた。だが、胤舜は口を開こうとしない。祐甫がさらに何か言おうとすると、源助が袖を引いて止めた。

「およしなさい。胤舜様には口にできぬ思いがあるのですよ」

源助は押し殺した声で言った。

その言葉を耳にした理子が身を乗り出して訊いた。

「胤舜殿、何か思いがあるのなら、仰せなさいませ。わたくしは胤舜殿の思いをお聞きしたいのです」

胤舜はようやく顔をあげた。

「わたくしは幼いころより、父のことを知らず、母と暮らして参りました。その母がある日、そばからいなくなり、わたくしは仏門に入ったのです。その母とひさしぶりに再会し、父が水野様であることを教えられたのは先日のことです。父上は母上だけをお呼び寄せになり、わたくしのことは捨て置かれたのです。それなのに、今さら、身の安否が気遣われるから還俗せよと言われても信じる気にはなりません」

声を詰まらせながら胤舜が言うと、源助が言葉を引き取った。

「まったく、大名という者はおのれの都合ばかりで勝手なことをいうものだ。もし、それほど子息のことが心配ならとっくに家臣を迎えによこしているはずじゃないか」

源助が強い調子で言うと、広甫が口を開いた。

「まことにこの者が申す通りですな。水野様はなぜ、家臣を遣わされず、毛利家に移られた伊与子様に頼まれたのです」

伊与子は深いため息をついた。

「すべてはことを内々にすませたいという水野様のお考えなのだと思います。幕閣ではご老中方がたがいに相手の弱みを探り合い、蹴落とそうとされています。水野様がご家来を胤舜殿のもとに遣わされれば、すぐにご老中方に知れ渡ってしまうでしょう」

伊与子の言葉を聞いて胤舜はゆっくりと立ち上がった。

「やはり、父上が心配しておられるのはわたしのことではなく、わたしが父上に不満を抱く者に害されて、そのことがほかのご老中方から父上を蹴落とすために利用されることなのだと思います」

つぶやくように言った胤舜は皆に背を向けると広間を出ていった。

「胤舜様――」

源助が後を追おうとしたが、広甫が止めた。

「いまはひとりにしておいてやりなさい」

広間にいる者たちは一様に沈黙するしかなかった。

胤舜は大沢池まで降りていった。

〈花くらべ〉に備えて源助に切ってもらった山桜のところまで来て見上げた。

青空で淡紅色の花弁が美しかった。しばらく胤舜が山桜を見上げていると背後から声がした。

「泣いていらっしゃるのですか」

理子の声だった。

「泣いてなどおりません」

胤舜は振り向かずに答える。

「では怒っていらっしゃるのでしょう」

「怒ってもおりません」

「そうですか、では悲しんでいるのですね」

理子はすぐそばに佇み、囁くように言った。

胤舜は何も答えない。

「姉上のことは許してくださいね。お気づきでしょうが、姉上は水野様をお慕いしていて、何とかお役に立ちたいと懸命なのです」

「そのお気持は〈花くらべ〉の時にわかりました」

胤舜はようやく落ち着いた声で答えた。理子は微笑んで言った。

「あのしだれ桜ですか」

胤舜はうなずいた。

「伊与子様の花には誰かを慕い、待っている心持ちが表れていました」

「では、わたくしの山桜はどうでしたか」

胤舜はしばらく黙ってから理子を振り向いた。

「まだ、咲きたくはない。そんな気持が蕾に表れているのではないかと思いました」

理子は笑みを浮かべて胤舜を見つめる。

「わたくしたちはよく似ていますね」

「どんなところが似ているのですか」

胤舜は首をかしげた。

「誰かのために無理に花を咲かせようとされるところがです」

「理子様もひとのために自分の生き方を変えられるということでしょうか」

胤舜が見つめると、理子は目をそらして大沢池を見つめた。

「姉上は水野様とよく似ています。いまは毛利家に移りましたが、いずれ大奥に戻り、奥向きの万事を差配されるつもりなのです。そのためにわたくしを御三家の水戸家に入れて、水戸家を後ろ盾にしたいと考えているのです。わたくしは京で平穏に暮らすのが望みでしたが、許されないようです」

「そうなのですか」

胤舜は肩を落とした。美しく聡明な理子が自らの思いとは別な道を歩ませられるのか、と思った。

「理子様がそうなら、わたしもいずれ父の思うような道を歩ませられることになるのでしょうね」

胤舜がつぶやくように言うと、理子は大沢池を見つめながら頭を振った。

「いいえ、そんなことはありません。あなたはすでに自分の道を歩いているではありませんか。それは誰も変えることができません」

「わたしの道？」

「花を活ける道です。きょうの〈花くらべ〉であなたが活ける花の美しさを知りました。広甫様は活花の花は心を託すものだと言われましたが、あなたの花が美しいのは心が美しいからです。それは誰にも変えられないものです。たとえ水野様が天下の政を司るようになっても、あなたの活ける花の美しさには及ばないでしょう」

理子は澄んだ声で言った。胤舜はその声に聞きほれつつ、理子と並んで大沢池を見つめた。

風がふたりを包んだ。


ひと月後、伊与子は理子とともに江戸に向かった。

和姫はこの年七月に病のために亡くなった。

伊与子はその後、大奥に戻り、第十一代将軍家斉から第十二代家慶の治世まで大奥で姉小路局《あねがこうじ》として君臨する。

後の十三代将軍、徳川家定の正室篤姫の輿入れに際しても、大奥を代表して島津家との交渉を行った。

さらに姪の橋本経子が生んだ仁孝《にんこう》天皇皇女、和宮の降嫁に際しても力を振るうことになる。妹の理子も水戸家の奥女中として姉の力となった。水戸家に入った理子は、

――花野井

と名のった。名の謂れをひとに訊かれると理子は微笑んで、美しき花を枯らさぬ湧き水のようでありたいのです、と語ったという。

闇の花

［山梔《くちなし》］

雨が瓦屋根を打つ音がする。

じっとりと蒸すように暑い、薄暗い部屋だった。女人がひとり、座っている。その前に老僧がいる。

部屋には香が焚かれているようだ。

「どうしてもなさいますのか」

老僧が訊くと、女人はうなずいた。

「はい、なしとげねば気がすみませぬ」

「ですが、あの方に罪はないと存じますが」

ためらうように老僧は言った。老僧の額には汗が滲んでいた。

「罪がないと申せば、わたくしの父にも罪はありませんでした」

「それはたしかにそうでしたが」

老僧は困ったように言い淀んだ。

「ひとは誰の子であるかというだけでも十分な罪なのではありますまいか。わたくしがそうなのですから」

女人は物思いに沈みながら言った。言い終えて女人は手に白い花をとった。花鋏で葉を落とし水盤に活ける。薄闇の中ですっくと立った白い花は形がきれいで潔い美しさをたたえている。老僧は感嘆して言った。

「見事でございますな」

「そうでしょうか」

ゆっくりと花を白い指でなでた女人は不意に花鋏を手にして、花の柄に添えた。老僧が訝しそうに、

「何をなさいますか」

と訊いた。女人の口辺に笑みが浮かんだ。

「あのひとをかような目に遭わせたいのです」

花鋏に力が入れられ、白い花がぽとりと水盤に落ちた。そのうえでゆらゆらと揺れている。

「那美《なみ》様――」

老僧は痛ましげに言った。

女人は花鋏を置き、水盤に指をつけて白い花をたぐり寄せた。花をつまみあげた女人は花の香をかいだ。

「よき香です。あのひとも同じような香がするのでしょうか」

女人はうっとりとして言った。

一

五月雨《さみだれ》が続いていた。
胤舜は大覚寺で師の不濁斎広甫が日々の務めとして花を活けるのを手伝っていた。蒸し暑く、日ごろ、あまり汗をかかない胤舜の額からぽたり、ぽたりと汗が落ちた。広甫が活けている白い花は夏椿である。夏椿は、
——沙羅《しやら》
とも呼ばれる。釈迦が亡くなった時、まわりにあったという沙羅《さら》双樹《そうじゆ》は、平家物語の冒頭、
——祇園精舎の鐘の声、諸行無常の響きあり、沙羅双樹の花の色、盛者必衰の理《ことわり》をあらはす
としてよく知られているが、印度の植物で夏椿とは違うらしい。それでも、天地が雨に覆われたようなこの時期は、白い清楚な花の美しさが格別だった。
仏像の前で花を活ける広甫を胤舜が手伝っていると、廊下を素足で歩く音がして、広

甫の弟子のひとりである楼甫がやってきた。

楼甫は二十歳を過ぎたばかりだが、俗世では伊賀の郷士の子で杉尾小平太という名だった。

楼甫はよく磨かれた板敷に墨染めの衣の裾を払って座ると、書状を手にして胤舜に声をかけた。

「胤舜殿、いましがたこれを届けたひとがおります」

胤舜は広甫に頭を下げてから、書状を手にして開いてみた。書状の文字を目で追った胤舜は、

「まさか」

とつぶやいた。花を活け終えた広甫が振り向いた。

「いかがした」

胤舜は青ざめた顔で書状を広甫に差し出した。受け取った広甫は一読して眉をひそめた。

「そなたの母御である萩尾殿のことで伝えねばならぬ大切なことがあるゆえ、明日、嵐山の茶店まで来て欲しいというのか」

嵯峨野の嵐山は天下の景勝で文人墨客もよく訪れる。見晴しのよいあたりに茅葺の茶店が並んでおり、餅などを出す。書状では、その中のひとつの茶店に来て欲しいと書かれていた。

胤舜は声を震わせて言った。

「母上は胸を病んでおられました。もしや、あの世へ旅立たれたのでしょうか」

「わからぬが、それにしても、萩尾様のことなら、嵐山の茶店などに呼び出さず、ここに来ればよいのではないか。書状の差出人も浄雲《じょううん》とあるだけで、おそらく僧侶ではあろうが、どのようなひとかわからぬではないか」

広甫が怪しんで言うと、胤舜は、きっぱりと言った。

「たとえ、どのようなことであれ、母のことで伝えたい大切なことと言われれば、子として行かぬわけには参りませぬ」

広甫はやむを得ないというようにため息をついた。

「ならば、明日は源助を供にしていくがよい」

広甫が言うと、楼甫は首をかしげた。

「お師匠様、源助殿は寺の使いで大坂に出向いております。戻るのは明日の夜になるかと存じますが」

「それは困ったな」

広甫が当惑すると楼甫は膝を乗り出した。

「でしたら、わたくしが供をいたしましょうか」

楼甫は伊賀の郷士の出だけに、ひと通りの武術は身につけているという噂だった。楼甫なら源助に代わって胤舜の護衛役が務まるかもしれない。

「ならば、そうしてくれ」

うなずいた広甫は胤舜に顔を向けた。

「くれぐれも用心いたせよ。自分ひとりのことだと思うかもしれぬが、そなたを案じる者は大勢いるのだ。その心に応えるためにも危ういところに足を踏み入れぬ用心が必要なのだぞ」

「承知いたしております」

胤舜は深々と頭を下げた。


翌日、朝から胤舜と楼甫は大覚寺を出た。

霧雨が降っていた。

ふたりとも網代笠《あじろがさ》をかぶっただけで、傘などは持たない。脚絆をつけ、草鞋履きで雨に濡れながら嵐山を目指した。

嵐山は大覚寺からほど近い。大堰川《おおいがわ》が流れる景勝の地で古くから歌にも詠まれ、多くの公家が近くに別荘を構えてきた。だが、おりからの霧雨であたりは煙るばかりで、大堰川に沿って歩くばかりだ。

嵐山でひとの目を楽しませるのは渡月橋《とげつきょう》である。

鎌倉時代、亀山上皇が、満月の夜、舟遊びをされた際、月がさながら橋を渡るような様を見て、

——くまなき月の渡るに似る

と言われたことに橋の名は由来するという。

平安時代に架けられた渡月橋は、その後、応仁の乱で焼失するなどした。このため、江戸時代に入って豪商、角倉《すみのくら》了以が大堰川の修復工事を行うとともに橋を架けたのだ。

書状には、茶店の前に笠と杖を立てているから、目印にしていただきたい、とあった。歩くほどに、楼甫が、

「あれではないか——」

と言った。胤舜が網代笠を上げて見ると、たしかに一軒の茅葺屋根の茶店の前に笠をぶら下げた杖が立てかけられている。

雨に濡れそぼった胤舜と楼甫は足早に茶店へと向かった。茶店の土間に入った楼甫が笠を脱ぎ、

「御免くださいませ」

と声をかけると、奥から坊主頭の老爺がひとり出てきた。不愛想に挨拶もせず、胤舜たちを見据える。

「浄雲という方と待ち合わせているのですが」

楼甫が言うと、老爺はうなずいて、しわがれた声で、

「うかがっております。ただいま、お呼びいたしますので、そちらで茶でも飲んでお待ちください」

老爺は小上がりの板敷を示した。胤舜と楼甫が草鞋を脱いであがると、老爺は茶を持ってきた。そして、お待ちを、と言って傘もささずに店の外へ出ていった。

「浄雲という方はここではなく別なところにおられるのですね」

「そうみたいだな」

楼甫は何となく不安げに答えた。

老爺が出してくれた茶を胤舜はゆっくりと飲んだ。楼甫も茶碗を口に運んで壁の格子窓から外を眺めた。

そのとき、どさりと音がした。

楼甫が振り向くと胤舜が板敷に倒れ、そばに茶碗が転がっている。

「どうした」

楼甫は倒れた胤舜に飛びついた。しかし、胤舜を助け起こそうとした楼甫も目がくらんだ。

(いかん、さっきの茶に薬をもられたようだ)

楼甫は立ち上がって外に助けを呼びに行こうと思った。だが、板敷から降りようとして足を踏み外して土間に転がった。

楼甫は起き上がろうともがいたが、目の前が暗くなり、気を失った。

どれほど時がたったのだろうか。

不意に楼甫は気を取り戻した。

はっとして板敷を見ると、胤舜の姿はなかった。何者かにさらわれたのだと悟った楼甫はあえぎながら起き上がった。ひどく頭が痛み、手足に力が入らない。それでも懸命に立ち上がった。

店の外に出ると、あたりには人影はない。

(胤舜はどこに連れ去られたのか)

楼甫は地面を見た。

いくつもの足跡があった。そのうち、何人かの足跡は深くなっている。

(胤舜を抱えて運び去った者の足跡だ)

伊賀の出である楼甫は足跡をたどる術を心得ていた。雨に濡れ、泥に汚れるのもかまわず楼甫は地面に伏せて足跡を見つめた。

乱れた足跡の中から深くめりこんだ足跡を見つけ出して、たどっていく。すると、数人の足跡が続いている。

楼甫は空を見上げた。

黒雲が風に吹き飛ばされ、目まぐるしく渦を巻いている。まだ、しばらくは雨が降りそうだ。

(晴れてひとが通れば、足跡がわからなくなる。いまのうちにたどらねば)

楼甫は這うようにして足跡をたどった。

川沿いの道を泥だらけになって進んで行くと、小さな寺がいくつか建っているあたりに出た。そこからは、足跡はいくつも重なって、たどることができない。

楼甫は唇を噛んであたりを見まわした。

「胤舜、どこにいるのだ」

雨は蕭々《しょうしょう》と降り続いている。

二

胤舜は暗闇の中で気を取り戻した。畳の上に横になっているようだ。

なにも見えない。

何時なのか、ここがどこなのかもわからない。立ち上がろうとすると足がふらつく。しかたなく横になった。

あたりはしんとしている。

大きな屋敷の中にいるようだが、何となく寺ではないか、という気がした。どこかしら線香の匂いが染みこんでいるように感じた。

いつ、ここに運びこまれたのかわからない。茶店で茶を飲んだ後、気を失ったようだ。それから何が起きたのか。

楼甫はどこにいるのだろう。離れ離れになってしまったのか。

何が起きたのか。やはり起きてたしかめねばならない。起き上がろうとして、ふと、いい匂いをかいだ。

(何の匂いだろう)

思いをめぐらせた。そのとき、闇の中から、

「お気がつかれましたか」

と女の声がした。しかし、真っ暗で女がどこにいるのかさえ見定めることができない。胤舜は手探りでまわりをたしかめようとした。

「危のうございます。胤舜様のまわりには花鋏なども置いております。ゆっくりと動かれますよう」

女は落ち着いた声で言った。胤舜は声がした方角に顔を向けた。

「あなたはどなたですか。なぜ、こんなことをするのです」

女は少し黙ってから、

「申し遅れました。わたくしは那美と申します。無礼の段、お許しください。胤舜様にあることをしていただきたく、かような荒きことをいたしました」

と言った。

「母上のことで伝えたい大切なことがあると言ったのは、嘘だったのですね」

「いいえ、嘘ではありません。ただ、そのことをお伝えする前に胤舜様にしていただきたいことがあるのです」

那美と名のった女はひややかに言った。

胤舜は困惑しながら訊いた。

「わたしに何をしろというのですか」

「花を活けていただきたいのです」

那美は平然と言った。

「花ならば、大覚寺に来ていただけばいつでも活けて差し上げます」

「いいえ、ここで活けていただきたいのでございます。この暗闇の中で――」

胤舜は驚いた。

「何を言われるのですか。何も見えないところで、花を活けられるはずがありません。それに花を活けたとしても、誰も目にすることができないではありませんか」

「ですから、暗闇に咲く花を、年若くして活花の上手と評判の胤舜様に活けていただきたいのです」

「暗闇に咲く花――」

息を呑んで胤舜は闇を見つめた。

「さようでございます。胤舜様の父上、水野忠邦様はおのれの出世のために多くの者を闇に蹴落とされました。その中には自ら命を絶った者もいるのです。胤舜様にそのような暗闇に落ちた者への手向けの花を活けていただきたいのです」

「手向けの花を活けろと言われますか」

胤舜は考え込んだ。

胤舜の父である水野忠邦は肥前唐津六万石の藩主だった。だが忠邦は野心家で、幕閣入りを果たすために浜松への転封を願い出た。

その後、大坂城代から、京都所司代、西ノ丸老中と出世を重ねていった。それだけに苦しみを強いられた家中の者たちの忠邦への恨みは鬱積《うっせき》しているということは胤舜も聞いていた。

胤舜は闇の中にいる那美に問いかけた。

「暗闇で花を活けろというのは、わたしに父の償いをしろ、ということでしょうか」

那美はふふ、と笑った。

「償いなどおできにはなりますまい。ただ、わたくしは胤舜様に闇の中で花を活けていただきたいのです」

「断ったら、どうなるのです」

「お断りになられれば、この暗闇からお出しはいたしません。未来永劫にわたって――」

那美は静かに言った。もし、花を活けなければここで殺すつもりなのだ。

胤舜は目を閉じて考えた。

力で強いられて花を活けることなどできないが、このままここで死ねば、母の様子もわからぬままになる。やはり、生きるべきではないかと思った。

それとともに、暗闇で花を活けるには、どうしたらいいのか、とすでに胤舜は考え始めていた。

美しさを目の当たりにしてこその花である。だが、その美しさを見ることを封じられたとしたらどうなのか。

闇の中では美しさは消えてしまうのか。そうではない、と胤舜は思った。たとえ見えなくとも美しさがそこにあるからには伝わるのではないだろうか。いや、伝えねばならないのだ。

那美という女人が問うているのも、そのことではないのか。

胤舜の父である水野忠邦は出世の階《きざはし》を駆け昇り、ひとから見れば大輪の花を咲かせようとしているように見えるだろう。

だが、ひとはそうでなければ、駄目なのか。花として咲き誇らねば、何の値打ちもないのか。

（そうではないはずだ——）

胤舜は目を見開いた。

わたしは闇にも花は咲くのだということを、那美という女人に教えなければならない、と思った。

「闇の中での活花をやってみたいと思います」

胤舜がはっきり言うと、那美は息を呑んだ気配があった。そして、つぶやくように、

「やはり、いのちは惜しゅうございますか」

と言った。胤舜は答えない。

「どうしたのです。答えてはいただけませんか」

那美が重ねて訊くと、胤舜ははっとして、

「何かおっしゃいましたか」

と答えた。闇の中で花を活けるとは、どういうことかを胤舜は考え始めていた。どのような工夫ができるのだろうか、と頭をひねっていた。

那美はしばらく黙った後、

「花材も器や花鋏も胤舜様の前に用意しております。それをお使いください」

と言って立ち上がる気配がした。

胤舜は手探りで花材にふれようとしながら、

「何の花なのかだけでも教えていただけますか」

と言った。那美は含み笑いをした。

「それもご自身で感じ取っていただきとうございます。胤舜様は花を手向ける相手の名もご存じないのですから」

「わたしは誰に手向ける花を活けるのでしょうか」

胤舜は重ねて問うた。

「唐津藩から浜松藩への国替えに最後まで異を唱えて譲らなかった家老、二本松義廉《にほんまつよしかど》様に手向けていただきます」

「二本松義廉様――」

「胤舜様はご存じありますまい」

「はい、申し訳ないですが」

胤舜はうなだれた。

「家老の二本松義廉は、水野様が転封を願い出ることをやめさせるため、腹を切り、諫《かん》死《し》しました。それでも水野様は一顧だにされず、浜松へ移られたのです」

「それではあなた様は――」

「二本松義廉の娘、那美でございます。あの日より、わたくしたち一家は闇に落ちました。父の亡魂もまた無明長夜の闇を彷徨《さまよ》っていることでしょう」

闇の中で那美が動く気配がした。どこかに戸口があるのだろう。すっと戸が開いてひとが出ていく気配がした。

それでも一瞬の光も差さない。

胤舜は胸中に深い恐ろしさを感じた。

漆黒の闇だ。

父である水野忠邦が唐津藩から浜松藩に移るにあたって家老が諫死してまで止めようとしたことは初めて知った。

（なぜ、それほどまでにして幕閣に入りたいと思われたのであろうか）

出世欲なのか、それともそれほどまでにして成し遂げたかったことが父にはあるのだろうか。わからない、と胤舜は思った。

大きく吐息をついた胤舜は花材を手にした。花は水を入れた小盥《こだらい》につけてあるようだ。茎と葉をさわってから、花弁にふれた。いい匂いがした。先ほどから部屋の中に立ち込めている匂いは那美の香かと思ったが、花の匂いのようだ。

胤舜は葉をゆっくりとさわった。

(葉の色はどの花でも同じだろう)

指先でなでるに従って、葉の緑色がたしかめられるような気がした。

では花弁の色は何なのか、緋色か薄紫色か、それとも黄色か。さわってみたが、容易には識別できない。

花の色もわからずに、活けることができるのだろうか。

さすがに焦る気持ちが湧いてきた。さらにまわりを探ってみたが、ほかの花材はないようだ。

器にも手を触れてみたが、竹を切った花入れだろうということしかわからない。

(枯れた竹なのか、青竹なのか。どのような色をしているのだ)

花の色もわからず、花入れがどのように目に映じるかも知る術がなくて、どうやって美しさを推し量ればいいのか。

手にふれた形だけで花鋏を入れてととのえても色合いがわからなければ、無様な活花になっているかもしれない。

胤舜はもう一度、花弁にさわってみた。脳裏に様々な色が浮かんだ。しかし、どの色だと決めることはできない。

そうこうするうちに、花の美しさがどこか遠くへ行ってしまうような気がしてきた。

(わたしはいままで、花の何を見てきたのだ)

胤舜は唇を嚙んだ。

暗闇が胤舜を包んでいる。


楼甫は夜になって大覚寺に戻った。

ちょうど源助も大坂から帰っており、広甫とともに胤舜がかどわかされた話を聞いて、顔を真っ赤にした。

「こうしてはおられません。さっそく、その茶店に行き、胤舜様を取戻さねばなりませんぞ」

楼甫が手をあげて源助を制した。

「ここに戻る前に茶店には行ってきた。なんでもいまの時季は茶店は開けていないそうだ。どうやら何者かが忍び込んで茶店を使ったらしい」

「なんと、さように手の込んだことをするとは」

源助は膝を拳で打った。広甫が静かに口を開いた。

「今日はもう遅い。明日の朝になったら、ふたりで嵐山に行き、胤舜を探しなさい。いまのところ、それしか手がないようだ」

源助が膝を乗り出して怒鳴るように言った。

「ですが、その間に胤舜様の身に何かあったらどういたしますか」

「いや、胤舜を殺《あや》めるつもりなら、わざわざ茶店でかどわかしたりはしないだろう。おそらく何かの狙いがあるのだ」

広甫は落ち着いて言う。源助は楼甫の顔をちらりと見てから、

「胤舜様は江戸の西ノ丸老中、水野忠邦様に恨みを抱く者に狙われているのです。そのような者は水野様の御子である胤舜様を殺めることもためらいはしませんぞ」

と言った。胤舜が水野忠邦の子だと聞いて、楼甫は目を丸くした。

胤舜には何かいわくがありそうだ、ということは大覚寺にいる者なら皆、知っていた。だが、西ノ丸老中と言えば、いずれ将軍の代替わりにともない、幕閣の中枢に座ることになる立場だ。

胤舜がそのような人物の子であるならば、いずれにしてもいつまでも大覚寺に留まることはないのではないか。あるいは父親の引立てにより、出世を果たしていくかもしれない。

楼甫は体が震えるのを感じた。

源助は腕を組んで天井を仰いだ。

「胤舜様がご無事ならばよいが」

広甫は目を閉じて沈思黙考し、何も言わない。

その夜、嵐山にほど近い屋敷で那美と老僧は向いあっていた。

「那美様、わたくしは恐ろしゅうございます」

老僧が言うと、那美は笑った。

「あなたには迷惑はかけないと申したはずです。すべてはわたくしのしたことなのですから」

「いえ、恐ろしいのはそのようなことではありません」

老僧はため息をついた。

「では、何が恐ろしいのですか」

「那美様のお心です」

「わたくしの心？」

那美は首をかしげた。

「はい、那美様はいま、とても恐ろしいものを見つめていらっしゃる気がしてならないのです」

老僧はじっと那美を見つめた。

「わたくしは何も見てはおりません。そのことはおわかりのはずですが」

那美は悲痛な声音で言った。老僧は頭を横に振った。

「どうしてこんなことになってしまったのでしょうか」

「誰かが、悪かったのです、誰かが。わたくしはそれを見極めようと思っているだけなのです」

「そのために傷を負われるのではないかと案じているのです」

「傷など、もう負いきれないほどに負っています。いまさら、ひとつやふたつ増えたところで何ほどのことがあるでしょうか」

那美は思いを断ち切るように目を閉じた。

三

翌日の早暁——

源助と楼甫は嵐山に向かった。まず、茶店に行って誰もいないことをたしかめた。源助は裏手にまわってみた。裏口のあたりにも足跡はあった。

源助は楼甫に向かって、

「こちらの足跡は調べられましたか」

「いや、表の足跡が胤舜殿をさらった足跡に違いないと思ったので」

楼甫は青ざめた。

昨日はあわてていて、裏口を調べることまで気がまわらなかった。

「たしかに、この茶店に入った奴らは表から来たのでしょう。しかし、胤舜様をさらうと裏口から出ていったのではありませんか。たとえ雨が降っていたとしても、表の道はひと目につきますから」

源助は裏口からの足跡をたどり始めた。楼甫も後からついていく。

人通りがないためか、裏口からの足跡は思いのほか、くっきりと残っている。

しばらく行くと田畑の間の道に出た。前方に緑に覆われた小高い丘があり、その手前に蹲《うずくま》るようにして、郷士の屋敷のような小さな家があった。

「あの屋敷かもしれませんぞ」

源助はあたりをうかがいながら近づいていった。屋敷には小さな門があり、築地塀《ついじべい》がめぐらされている。

源助たちが近づいたとき、屋敷の門がゆっくりと開いた。源助と楼甫はあわてて築地塀の陰に隠れた。

開いた門から出てきたのは、小柄な老僧で、あたりを見まわして様子をうかがった後、また門の中に入っていった。

門は開いたままである。

楼甫が興奮して源助の袖を引っ張った。

「いまの僧侶が昨日、茶店の主人になっていた老人だ」

「なるほど、どうやら胤舜様の居所を突き止めたようですな」

源助はつぶやいた。

胤舜はなおも闇の中にいた。

心気を統一していた。目で見えなければ、心眼で見るしかない、と思った。手にふれたものから、何かを感じ取ろうとしていた。

目は閉じていた。

ゆっくりと葉にさわってみる。葉を思い浮かべた。しだいに鮮明な葉の形と色が浮かんでくる。そして花入れの竹筒にふれた。青竹の瑞々しさが薄れ、枯れた味わいが指先から伝わってくる。

次に花弁にさわってみる。胤舜の指先は痺れたようになり、ぞくりとするものが背筋を走った。

――白
脳裏に白い花が浮かんだ。

胤舜はふーっと息を吐いた。手にしているのは白い花だと思った。清楚さや気品、穢《けが》れの無さが伝わってくる。

胤舜は手探りで花を活けていく。花鋏で不要な葉を剪《き》り落としていく。もはや、何のためらいもなかった。その様はあたかもいつも通りに光のある中で花を活けているかのようだった。ようやく胤舜は手を止めた。

活け終えた花は見ることができないはずだが、胤舜はじっと見つめている。そして、ようやく、

——よし
とつぶやいた。同時に、闇の中から、

「おできになりましたか」

と那美の声がした。胤舜は声の方角を振り向かずに、

「できたように存じます」

と言った。那美は応じて声を発した。

「浄雲殿——」

声に応じて、紙をはがすような音がしたかと思うと、板戸がゆっくりと引き開けられていった。

縁側から、まぶしいほどの朝の陽射しが部屋の中にあふれた。

目がくらみそうになった胤舜は一瞬、目を閉じた。

恐る恐る目を開けると部屋の中には白綸子に梅樹模様の小袖を着た二十七、八と思われる美しい女人と墨染めの衣を着た六十歳ぐらいの老僧が座っている。

竹筒の花入れに活けられた白い花が陽射しに照らされていた。白い花は、

——山梔《くちなし》

だった。葉がととのえられ、すっきりとして白い花弁が際立っていた。

胤舜は活けた花を眺めながら、

「そうか、あの匂いは山梔の花の匂いだったのか」

とつぶやいた。

老僧は立ち上がると活花の正面にまわって座り、感にたえたように言った。

「まことに見事な花でございます。活けたひとの心映えが表れているのではありますまいか」

「そうかもしれませんね」

那美はつぶやくと立ち上がって、胤舜のそばに座った。活花に顔を向けて、

「まことに不思議なものですね。家臣のことなど顧みない殿様のお子がかように清らかな花を活けることができるとは」

「これを闇に咲く花だと思っていただけますか」

胤舜はうかがうように那美を見た。那美は振り向かずにつぶやいた。

「あなたが暗闇の中で活花に向かう研ぎ澄まされた心を感じました。闇に咲く花とは、あなたの心そのものであったと思います」

那美は言葉を切った。そして手が胤舜の膝前に伸びる。下を見ないで、手探りで花鋏をつかんだ。

「那美様――」

浄雲が悲しげにつぶやいた。

胤舜は花を見つめたまま、眉ひとつ動かさず、表情を変えない。

那美は口を開いた。

「わたくしは胤舜様の心映えの美しさはよくわかっております。されど、水野様にわたくしども一家が闇に落とされた恨みはやはり、消えることはないのです」

「ならばどうされますか」

胤舜は静かに言った。

「あなただけとは申しません。わたくしもすぐに参りますゆえ、ともに参りましょう」

「どこへ行くというのですか」

那美は微笑んで、

「浄土でございます」

と言うなり、花鋏を振り上げて胤舜の首筋に振り下ろそうとした。その瞬間、黒い風のように源助が庭先から部屋に飛び込んできた。

源助は那美の腕をつかんで、花鋏をもぎとった。さらに肩を押さえてねじ伏せた。

楼甫も部屋に駆け上がって声をかけた。

「胤舜、大丈夫だったか」

胤舜はゆっくりと頭を縦に振って、

「大丈夫です」

と言ってから、源助に顔を向けた。

「源助さん、手荒な真似はしないでください。そのひとは目が不自由なのですから」

胤舜の言葉を聞いて驚いた源助は思わず、手を放した。

那美はゆっくりと体を起こして、

「わたくしが光を失っていることに、いつ気づいたのですか」

と訊いた。

「あなたは、真っ暗なこの部屋から出ていくとき、明るい陽射しに少しもためらう気配がありませんでした。それで、闇の世界にいるひとだと思ったのです」

那美はふふっと笑った。

「そうだったのですか。父が切腹してから後、わたくしたち一家は唐津を立ち退きました。親戚に身を寄せ、わたくしは縁があって嫁ぎました。ですが、そのときから諫死した家老の娘だということで婚家では何となく疎まれました。しかも水野様が大坂城代から京都所司代、そして西ノ丸老中と順調に出世をされていく間に、わたくしへの風当たりは強くなりました」

「水野の父を憚《はばか》ったということでしょうか」

胤舜は眉をひそめて言った。

「このまま行けば水野様は幕府ご老中として力を持たれるのは間違いないでしょう。そうなったおり、水野様にとって諫死した家老の家族は疎ましいのではないかと誰もが思ったのです。それで、わたくしは離縁されました」

「そうだったのですか」

「もはや頼るべき実家も親戚もわたくしにはありませんでした。それで、知る辺を頼って京に出たのです。そして、昔、習った活花を公家衆に教えることで生きて参りました。ところが暮らしの無理が祟ったのか、この春ごろから、物が見辛くなり、とうとう光を失ったのです。それで、昔、わが家の家士でいまは仏門に入った浄雲殿を頼りました。尼になるつもりだったのですが、そこで、あなたの評判を聞いてしまったのです」

那美は淡々と話した。

申し訳ございません、と浄雲が、頭を下げてから、口を挟んだ。

「すべてはわたくしがいけなかったのでございます。胤舜様が活花で高い評判を得ているということを何気なくお話ししたら、那美様は憤られたのです。そして此度《こたび》のことを思い立たれたのです。わたくしは止めることもできずに手伝ってしまいました」

那美は泣くまい、と決めているらしく顔をそむけて涙をぬぐった。そして、明るい声を出した。

「わたくしは水野様をお恨みしていると申しましたが、まことは花を活ける者として、胤舜様の評判が妬ましかっただけかもしれません。それで、わたくしが光を失って花を活けることを諦めた気持を味わわせたかったのでしょう。胤舜様を閉じ込めて暗闇の中で花を活けよと無理難題を押しつけたのです」

胤舜は那美を見つめた。

「わたしはそれに応えることができたのでしょうか」

「見事に応えてくださいました。闇の中でも花は咲くのだと信じることができました。ですが、それだけに、花を活ける者として――」

那美はそう言うと言葉を切ったが、やがてぽつりと言った。

「妬ましかったのです」


胤舜は大覚寺に戻った。

広甫にすべてを話して、那美が尼寺に入れるよう、助力をしていただけないか、と願った。

広甫はうなずいて、

「わたしにまかせなさい。それよりもその那美という女人はそなたの母上のことは何も知らなかったのだな」

と念を押すように言った。

「それが、那美殿は母上は京にいるのではないか、と言われたのです。母上は明日をも知れぬ容態で江戸へ戻ることもできず、京におられると、水野家の知りびとから聞いたそうなのです」

そうか、と広甫はうなずいた。

「では、やはり、母上に会いたいであろうな」

「今一度、お目にかかって、母上のための花を活けたいと思います」

「母上のための花か」

広甫は何事か考えながら胤舜を見つめた。

「はい、わたしには父上がなぜ、あのように非情な生き方をされているのかはわかりません。わたしはひとの心といのちを大切にしていくばかりです。それゆえ、わたしの生きる道を母上にはっきりとお見せしたいのです」

胤舜はきっぱりと言い切った。

昨日までの雨が上がり、庭は夏の陽射しに照らされていた。

花筐
はながたみ

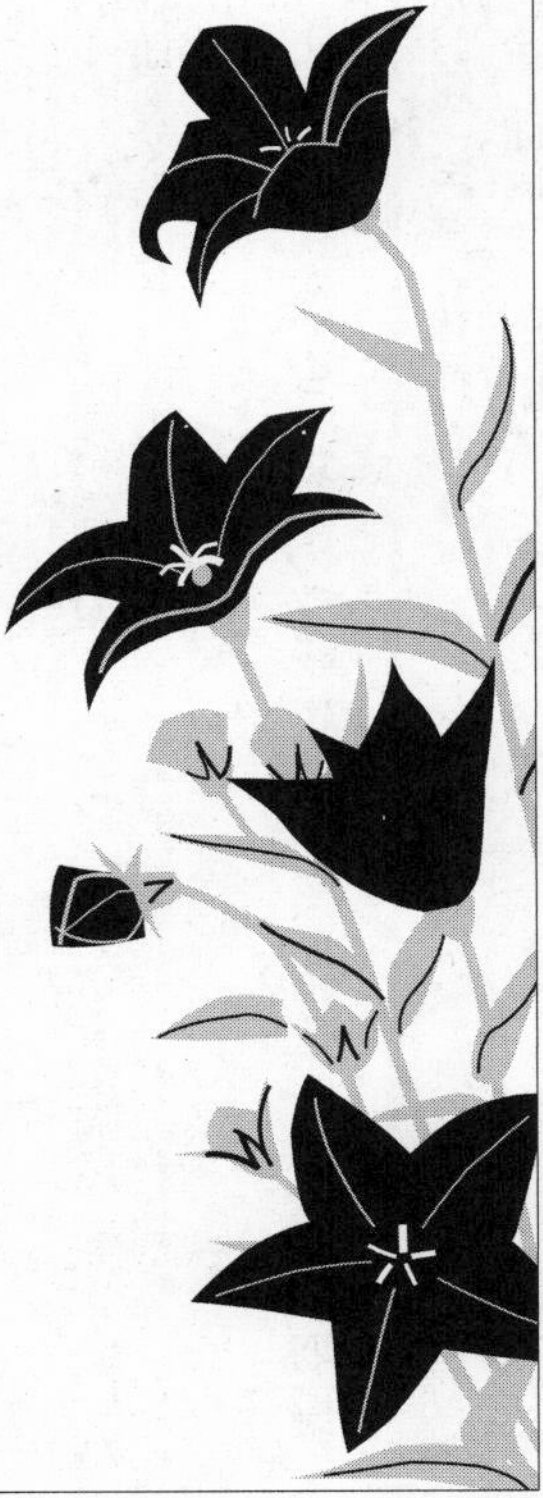

［桔梗］

一

秋が深まった。

大覚寺のまわりの峰々も紅葉が錦繡《きんしゅう》のように彩って見る者を陶然とさせていた。不濁斎広甫は備前の壺に紅葉を活けた。

秋花よりも、紅葉のはなやぎを広甫は好んだ。

背筋を立てて壺に向かい合う広甫の背後に白髪の老武士が座っている。羽織、袴姿だが、長い旅をしてきたのか埃にまみれ、見苦しいほどだった。

「なんとかお願いできませんでしょうか」

老武士は苦しげに咳き込みながら言った。

広甫は紅葉の枝に鋏を入れながら、

「さて、何度、仰せになられてもそれは困ります。死に往くひとを慰める花を活けるのは難しいことです」

と言った。

「少しでもお苦しみをやわらげたいと思うのです」

「死が眼前にあるとき、どのような慰めも虚しかろうと存じます。まして、胤舜を名指しいただいては、なおのことお引き受けいたしかねる」

広甫はきっぱりと言った。

「それは謝礼の多寡を言われるのでありましょうか。ならば、できるだけのことはいたす所存でございますぞ」

老武士は勢い込んで言った。広甫は紅葉を活け終えて振り向いて、

「さようなことを申し上げているわけではないとおわかりいただけないのは残念ですな。それならば、なぜ胤舜を名指しして花を活けさせたいと思われたのか、そのことをうかがいたい」

と鋭い視線を向けて訊いた。老武士はたじろぎながらも、

「大覚寺にはまだ少年の身なれど、ひとも驚く花を活ける花僧がおられると聞きましたので、お頼みしようと思い立ったわけでございます」

と言い募った。広甫は眉をひそめた。

「胤舜はいささか身辺に事情を抱えております。先ごろ、胤舜は母御のことを知らせると言われておびき出され、危うい目にあいました。拙僧は師として胤舜を危うい場所に

行かせるわけには参らぬのです」

きっぱりとした広甫の言葉を老武士はうなだれて聞いた。やがて、老武士はしおしおと辞去していった。

老武士が帰った後、広甫の弟子である楼甫が来た。手をつかえ、頭を下げた楼甫は、

「ただいまお見えになられた方はひどくがっかりされて帰られましたが、どうされたのでございましょうか」

と訊いた。

「間もなく亡くなられる女人のために胤舜に花を活けて欲しいそうだ」

「胤舜にでございますか」

楼甫は目を丸くした。

「そうだ。しかし、胤舜は夏に危うい目にあった。正体が知れぬひとのところに出すわけにはいかぬ」

「さようでございますね」

楼甫は当惑の色を浮かべてうつむいた。胤舜が眠り薬を飲まされて拉致されたとき、そばにいたのは楼甫である。

楼甫はいまも胤舜を危うい目に遭わせたことの責任を感じていた。楼甫は顔をあげて、

「ただいまの方は善良なるひとのようにわたしには見えました。亡くなろうとする方に手向けの花をさしあげたいとの思いもまことではありますまいか」

「わたしにもさように見えた」

「では、願いを聞き届けていただくわけには参りませんか。夏のことは油断したわたしがいけなかったのでございます。そのことで、胤舜の花を求める方に応じてあげられぬのは心苦しゅうございます」

「そなたが苦にすることではない」

広甫はきっぱりと言った。

取り付く島がなくなった楼甫は肩を落として部屋を出ていった。


胤舜が広甫の部屋を訪れたのは、この日の夕刻である。胤舜は広甫の前に座って頭を下げた後、口を開いた。

「楼甫さんからお聞きしましたが、臨終が旦夕《たんせき》に迫っている方のために、わたしに花を活けて欲しいとのことだそうですが、まことでございましょうか」

胤舜は涼しい目で広甫を見た。

広甫はため息をついて、

「まことじゃ。しかし、わたしがお断りいたした。あの世へ逝かれるひとのために花を活け続けるのは、容易ではないからだ。それとともに、そなたは先ごろ母上のことで話があると呼び出され、危うき目にあったのだぞ。此度もそなたを名指しで花を活けて欲しいとのことであった。用心してかかるべきであろう」

と答えた。胤舜はうつむいて考えてから顔をあげて口を開いた。

「お師匠様の仰せはまことにさようだとは存じますが、ひとが逝かれるとき、後生を願うのは仏門にある者の務めかと存じます」

胤舜はさりげなく言った。

「もし、罠であったとしたら、何とする」

広甫はうかがうように胤舜を見た。

「たとえ罠であったとしても、ひとを救うためであれば、何度でも罠に入るのが仏僧かと存じます」

「なるほど、さように思いおるか」

広甫はうなずいてから、

「ならば、行くがよい。ただし、源助と楼甫とともに用心して参るのだぞ」

と言った。

「有難く存じます」

胤舜は深々と頭を下げた。広甫はしかたがないという顔つきで、

「昼間にお見えになっていたご老人は熊谷八太夫殿と言われる。七十六歳だとうかがった。九州、筑前の福岡藩家中、千二百石の家に仕える家士だそうだ。しかし、いまは致仕されたそうだ。京へかつての主であったひとともに参られたそうな。命、旦夕に迫っているというのは、主である女人で、すでに八十歳におなりだそうだ」

と話した。

「八十歳でございますか」

胤舜は目を瞠《みは》った。

「そうだ。熊谷殿のお話では、まことにお人柄の練れた立派な媼《おうな》だということであった」

広甫は淡々と言った。

備前の壺に広甫が活けた紅葉が、光の加減か赤みが増したように見えた。

翌日、胤舜は楼甫と花材を抱えた源助を供に大覚寺を出た。熊谷八太夫と奥方は嵐山の臨済宗宝厳院《ほうごんいん》に身を寄せていた。

楼甫が訪《おとな》いを告げると八太夫があわてて出てきた。

胤舜は八太夫を見たとき、なぜか懐しい人に会ったような気がした。

楼甫から、胤舜が花を活けることを許されたと聞いて、八太夫は目に涙を浮かべて喜んだ。

「それではただいまから奥方様にお伝えいたして参ります。しばし、お待ちを」

八太夫はあわただしく、奥へ入っていったが、しばらくして戻ってきたときには、困惑の色を浮かべていた。

「どうされました。奥方様はお加減が悪いのでございますか」

楼甫が心配して訊くと、八太夫は頭を横に振った。

「奥方様は喜ばれて、床を払い、起きて胤舜様をお迎えすると申されるのです。しばしお待ちを願います」

胤舜と楼甫は顔を見合わせた。

明日をも知れぬ命だと聞いていたが、重篤のはずの病人が起き出すとはどういうことなのだろう。かたわらの源助が、にやりと笑って、

「話が違いますな。広甫様の仰せのように用心いたさねばなりますまい」

と言った。

八太夫は困った表情のまま立ち尽くしていた。

間もなく小僧が呼びにきて、胤舜たちは八太夫とともに奥座敷に行った。すでに床は払われ、藤色の着物の媼がひっそりと座っている。小柄で髪は真っ白だが、ふくよかな顔立ちで重篤の病のようには見えない。

楼甫と源助は訝ったが、胤舜は表情を変えず、奥方の前に座り、手をつかえて深々と頭を下げた。

「大覚寺の胤舜と申します。今日は花を活けさせていただきに参りました」

胤舜の挨拶をにこにことして聞いた奥方は、

「かわいらしきお坊様じゃ。花を活けてくださるとはありがたい。楽しみにいたしておりました」

と言った。

胤舜は頭を下げてから、さっそく仕ります、と言って源助を振り向いた。源助がうなずいて座敷に花器と花材を置いた。

花器は、青銅王子形水瓶、花は桔梗である。奥方は桔梗を見て、

「きれいなお花ですね」

とつぶやいた。さらに、万葉集では、桔梗のことを、

――朝顔《あさがお》の花
と呼んでいたと思います、と付け加えた。

「朝顔の花ですか、きれいな呼び名ですね」

胤舜は感心したように言った。

「本当に昔の言葉は美しいですね」

奥方は感慨深げに言った。

胤舜は花鋏を使って葉をととのえ、わずかに斜めに傾けて一輪の桔梗を活けた。花が彼方へ向かって開き、何かを探し求めるかのようだった。

胤舜は後退《あとずさ》って、奥方をうかがい見て、

「いかがでございましょうか」

と訊いた。

「結構だと存じます。生きる喜びが湧く花でございますね」

奥方はにこりとして答えた。八太夫が安堵のため息をついた。だが、奥方は活けられた桔梗に膝をにじらせて近づくと、いつの間に用意したのか、袂《たもと》から花鋏を取り出した。

「まことに結構ですが、少し葉が多いようにも思います。かようにいたしてはいかがでしょう」

奥方は言うなり、花鋏で桔梗の葉を数枚落とした。さらに、茎にも花鋏をあてた。

胤舜が、あっと思わず声をもらしたときには、茎を中ほどから切り、桔梗の花が水瓶の口からのぞくだけにした。

「奥方様――」

八太夫がうろたえて腰を浮かした。だが、奥方は平然と微笑している。

源助がうめいた。

「せっかく胤舜様が活けた花に何ということをするのだ」

楼甫も青ざめてすっかり形を変えた桔梗を見つめている。先ほどまでのすっきりした形とは違い、無造作に水瓶に入れられただけである。何の技巧もなく、活花としての美しさも無かった。

ただ、花がそこにあるだけだ。

胤舜はじっと桔梗を見つめていたが、やがて手をつかえ、頭を下げた。

「わたしの不調法にてお目を汚したようでございます。明日、また出直して参ります」

胤舜が言うと奥方は温顔をほころばせた。

「それは嬉しいこと。お待ちいたしておりますよ」

翳りがなく、明るい、あたかも童女が遊びを楽しむかのような声音だった。

二

大覚寺に戻ると、楼甫は広甫に頭を下げて、

「申し訳ございませぬ。わたしが余計なことを胤舜に伝えたばかりに、嫌な思いをさせました」

と言って、奥方の異様な振る舞いについて告げた。かたわらに胤舜と源助もいる。

源助が苦々しげに言った。

「胤舜様がせっかく活けた花を台無しにするとは、とんでもないばば様でございます。死にかけているなど怪しいものです。明日は行かないほうがよいと存じますぞ」

広甫は楼甫と源助の話に耳を傾けてから胤舜に顔を向けた。

「いかがじゃ。せっかく活けた花を切られて立腹いたしたか」

胤舜は頭を横に振った。

「いいえ、驚きはいたしましたが、怒りはいたしませんでした」

「では、切られた花はどうであった。美しかったか」

この問いにも胤舜は頭を横に振った。

「花があれば、美しいと思うのであれば、美しいかと存じますが、それはひとの手がからぬ美しさでございます。活花はひとが手をかけることによって思いを添えて美しさを益《ま》し、ひとの心を慰めるものかと存じます」

「されど死を前にすれば、さような心遣いをうるさいと思うのかもしれぬな」

広甫は考えながら言った。胤舜もうなずく。

「わたしもさように存じました。あるいは、ひとの作意を嫌われたのかもしれません」

「では、明日も花を活けにいってどうするのだ。活花であるからには、作意を捨てることはできぬものだぞ」

広甫の言葉を嚙みしめるように聞いた胤舜は首をかしげた。

「どのようにいたせばよいのかわかりませぬ。しかし、これはわたしの修行なのではないかと思います」

「あるいは、老人の我が儘でそなたの心が踏みにじられるだけのことかもしれぬぞ」

案じるように広甫は言った。

胤舜は答えない。

どうしたらいいのか、わからなかった。

翌日、胤舜は楼甫と源助とともに再び、宝厳院を訪れた。八太夫が申し訳なさそうに出てきて、頭を下げた。

「お気遣いありがとうございます。されど、昨日のようなことになっては申し訳ございません。今日はお引揚げいただいたほうがよいのかもしれません」

八太夫の言葉を聞いて胤舜はうなずきながら言った。

「奥方様はわたしが来ることを望んでおられないのですか」

「いえ、決してそのような」

「では参りましょう」

胤舜は奥座敷に向かって歩を進めた。奥方は奥座敷で昨日と同じく床を払っていた。

胤舜は座って奥方に頭を下げて、

「今日も活けさせていただきます」

と告げた。奥方はにこりとして答える。

「楽しみでございます」

胤舜は花を活け始めた。

――萩
である。奥方は目を細めて胤舜が活ける様を見ている。

胤舜は花鋏を入れて、須恵器の壺に萩を活けた。萩の花弁に優艶な輝きがあった。活け終わった胤舜は後ろに下がって、須恵器の萩を示した。

「いかがでございましょう」

胤舜が言うのと同時に奥方は膝をにじらせて近づくと、またも袂に入れていた花鋏を取り出して、やおら茎を切った。

今日は葉を落とすなどという生易しいものではなかった。葉も花もすべてをただ切り刻んでいく。

狂った所行だとしか見えない。

胤舜は息を飲み、楼甫と源助はうめき声を発した。八太夫は、ああ、と悲鳴のような声をあげてへたりこんだ。

須恵器に切られた萩の花弁と葉が散りかかった。その様から思わず胤舜は目をそらした。すると奥方は胤舜に顔を向けた。

「わたくしが花を切ったのが気に入りませぬか」

落ち着いたためらいのない声だった。

「花の悲鳴が聞こえたような気がいたしました」

胤舜が目を伏せて言うと、奥方は微笑んだ。

「花を切っているのは、わたくしもあなたも同じことですよ。それとも、あなたに美しく見えた花は悲鳴をあげないとお思いですか」

「さようなことは――」

言いかけて胤舜は唇を引き結んだ。そして、手をつかえ頭を下げ、

「明日、またおうかがいいたします」

と言った。

奥方はにこにこと微笑むばかりだ。

胤舜はひと言も発せずに大覚寺へと戻った。

楼甫が広甫に今日の顚末を述べた。広甫は少し考えてから、胤舜に顔を向けた。

「いかがいたす。明日も参るつもりか」

胤舜はやや青ざめた顔で答えた。

「参るつもりです。あの方がなぜ、あのようなことをされるのかを知りたいと思います」

「意地になっているのではあるまいな」

広甫が言うと、胤舜はうつむいた。源助が膝を乗り出して言った。

「胤舜様は意地になっておられるだけでございます。あの、ばば様はすでに惚《ぼ》けているだけのことです。明日、行っても同じこと。また、花を切り刻まれるだけですぞ」

楼甫も頭を大きく縦に振った。

「わたしもさように存じます。これ以上、胤舜が辛い思いをしなければならない謂れはないと存じます」

「さようか」

広甫はうなずいて胤舜に顔を向けた。

「どういたす。もはや、これまでかとも思えるが」

胤舜が答えようとしたとき、小僧が広縁にやってきて、

「熊谷八太夫という御方がお見えでございます」

と告げた。

楼甫が広甫に顔を向けた。

「もはや、申し訳ないから来るには及ばないと伝えにこられたのではありますまいか」

そうかもしれぬな、とつぶやいた広甫は小僧に向かって、

「お通ししなさい」

と言った。

やがて、八太夫が小僧に案内されてやってきた。八太夫は座敷に入って平伏した。

「まことに申し訳なき次第にございます。こちらからお願いいたしておきながら、かような仕儀になるとはまったく思いもよりませんでした」

広甫が穏やかな口調で言った。

「お手をおあげください。そして、もしおわかりならば奥方がなぜかような振る舞いをなさるのか、そのわけをお聞かせください」

「さて、わけと申しましても」

八太夫は困惑しながらもふたりの身の上を語り始めた。

奥方様は房野と申され、福岡藩士で千二百石取り、井浦瀬兵衛様のひとり娘でござい

ましたゆえ、家中の庵野主計《あんのかずえ》様を婿養子にお迎えになられたのです。

主計様はまことにすぐれた御方にて、藩の財政立て直しに尽力されたのでございますが、それだけに家中には主計様を憎む者も多かったのです。

商人から賂《まいない》を受け取ったとの濡れ衣を着せられ、切腹なさいました。

このとき、井浦家は三百石まで禄を削られ、房野様は嫡男の栄之進様を抱えて苦労なさいました。

しかし幸いなことに栄之進様は俊秀でお役目につかれると、しだいにご出世なさいまして、ついには家老となられ禄高も旧の千二百石に戻されたのです。

ところが好事、魔多しと申しますが、栄之進様は三十歳という若さで病に倒れられ、八歳の長女の美鶴《みつる》様とまだ四歳だったご長男の源太郎様を残して逝かれたのです。

房野様が四十八歳のときでございました。

井浦家では家督を四歳の源太郎様に継がせるわけにもいかず、将来は源太郎様が元服の暁には家督を譲るという約束でご親戚から善五郎という方を養子とされました。

ところが、この善五郎殿と房野様は折り合いが悪うございました。というよりも井浦家を乗っ取ろうという考えを起こされたらしく、房野様につめたくあたり、さらには源太郎様にまで手をあげるようになられたのです。

源太郎様の母上はとうとう追い出され、家の中は善五郎殿の奥方が仕切るようになりました。それからは房野様に辛く当たる一方でございました。

房野様はそれにじっと耐えておられましたが、ある日、六歳の源太郎様に剣の稽古と称して善五郎殿が木刀を振るって怪我をさせたのでございます。

房野様はこれに憤られて源太郎様と美鶴様を連れて屋敷を出られました。それから国を出られて肥前佐賀の親戚を訪ねられたのです。

ご親戚は決してご裕福ではなかったので、房野様は活花や和歌を佐賀藩家中の女人たちに教えることで暮らしを立てられ、源太郎様を剣術の道場と学問の塾に通わせたのでございます。

肥前には八年おられました。

五十八歳になられた房野様は源太郎様が元服の年を迎えられるとひそかに筑前に戻られました。

そして殿様が鷹野に出られたおり、源太郎様を連れて直訴されたのです。直訴すれば、お手討ちになるかもしれぬことを覚悟されてのことでした。

幸い、殿様は房野様の訴えをお聞き届けになり、善五郎殿との養子縁組を解き、源太郎様が家督相続することのお許しが出たのです。

これによってようやく房野様の苦労は報われたと思われました。源太郎様も順調に出世されましたが、二十八歳のおり、勘定奉行を務めておられましたが、些細なことで立腹して下僚の方を斬って切腹されたのです。

危うく御家は断絶になるところでした。

しかし、殿様が房野様の直訴を覚えておられ、御家の存続だけは認められたのです。しかし、禄高は二百石となりました。

このとき、源太郎様には娘御だけで男子はおられませんでした。ですから、またもやご親戚から養子をもらうしかありませんでした。

さすがに、この時ばかりは房野様も、

「なぜ、わが血筋に家を継がせることができないのであろう」

と嘆かれました。

禄高が削られてしまえば、家に残る房野様は養子の旦那様にとって疎ましいだけでした。房野様は身の置き所もなくなったのです。

房野様がどのような思いで耐えられたのか、わたしにはわかりません。

そして、今年になって、

「京に上りたい」

と仰せになったのです。

何分、ご高齢ですし、さすがに家の者も随分とお止めいたしたのですが、どうしても行かれるというので、わたしがお供をいたすことになったのです。

養子の旦那様にしてみれば、房野様が旅に出られることにほっとした思いがあったかもしれません。

房野様も永年お仕えしたわたしの言うことだけはお聞き入れくださって、お供をさせていただくことになりました。

そして京に上り、伝手《つて》を頼って宝厳院の厄介になったところ、房野様は突然倒れられました。

それまで、ご病気だなどとは聞いておりませんでしたが、実は二年前からお悪かったのだそうです。こちらに参りまして一度に永年の疲れが噴き出たように寝込んでしまわれました。

お医者様に見ていただいたところ、胃の腑にしこりがあって、もはやひと月持たないのではないかと言われて驚きました。

奥方様は自らの体のことをご承知だったようで、お医者様のお話をお伝えいたしても、

「そうですか」

と落ち着いておられました。しかし、それから、大覚寺におられる胤舜様の活花を見たい、と言われるようになったのでございます。

わたしは初めのうちは、お体に障りましょう、となだめておりましたが、奥方様はお聞き届けになりませんでした。

わたしも根負けして大覚寺を訪ねて、お願いしたしだいです。しかし、まさか、奥方様があのようなお振る舞いをされるとは夢にも思いませんでした。

人一倍、苦労をされた方ですが、いままで粗暴な振る舞いなどなされたことはございません。

凛《りん》としていささかでもおのれを見失うことなどなかった方なのです。なぜ、あのようなことをされたのか、わたしにはわかりません。いまでも信じられない気持でいっぱいでございます。

八太夫が語り終えると、源助が無遠慮な声で言った。

「麒麟《きりん》も老いては駑馬《どば》に劣ると申すではありませんか。確かに若いころから苦労されたのであろうが、だからと言っておのれの我が儘で何をしてもいいということにはなりませんぞ」

源助の言葉に楼甫もうなずいた。だが、胤舜は何事か考えながら、

「では、わたしの活花を見たいと言い出されたのは房野様なのですね」

と訊いた。

「さようです。筑前でも、旅の途中でもそんなことは言われなかったのに、まことに不思議なのでございます」

しばらくして胤舜は深々とうなずいた。

「わかりましてございます。わたしは明日、もう一度おうかがいいたします。今度こそ、満足のいく花を活けることができましょう」

恬淡《てんたん》と言う胤舜を皆、不安げに見つめた。

三

翌朝――

胤舜は、源助とともに大覚寺のまわりの山をまわって活ける花を探した。見つけたのは、紫の花弁をつけた、

――雁金草《かりがねそう》

である。

源助が雁金草を大事そうに採るのを見定めてから、胤舜は迷うことなく山道をすたすたと歩き出した。

宝厳院を楼甫、源助とともに訪れた胤舜はいつものように奥座敷に通された。

この日も房野は床を払って待っていた。

胤舜は座敷に入ると、挨拶もそこそこに雁金草を白磁の壺に活け始めた。

雁金草は、雁に形が似ていることから、その名がついたという。それだけに、遠くへ旅立ち、あるいは遠くから帰ってくる情緒があった。

胤舜は手早く活け終わると、手をつかえて房野に向かって言った。

「お願いいたします」

房野はいつものようににこやかな表情で応えた。そして袂から花鋏を取り出す。白磁

の花瓶ににじり寄った。

房野が花鋏を雁金草の茎にあてたとき、胤舜は、

「先日、桔梗は朝顔の花とも呼ぶと教えてくださいましたが、雁金草にもさような呼び名はあるのでございましょうか」

と訊いた。

房野は花鋏を持った手を止めて、胤舜を見た。

「雁金草は帆掛船のような花の形をしておりますから――」

言いかけた房野はにこりとして、

――帆掛草
との呼び名がございます、と告げた。

胤舜は、

「やはりそうでしたか」

と言って、手をつかえ、頭を下げた。

「お久しゅうございます。ひいおばあ様――」

胤舜が、房野に向かって、ひいおばあ様と呼びかけたことは、まわりにいる楼甫、源助、八太夫を驚かせた。

房野はいたずらっぽい笑顔になった。

「わたくしがそなたの曾祖母であると、どこでわかったのですか」

「朝顔の花という言葉を聞いたときでございます。そう言えば雁金草についても、別な呼び名があると教わったことも思い出しました」

「それで、雁金草を活けようと思い立たれたのですね」

「はい、雁金草のことをお尋ねしてみようと考えました」

胤舜は房野を見つめた。

「帆掛草という呼び名を覚えておいでですか」

「わたしの母は唐津藩の奥女中だったと聞いております。まだ、二、三歳だったころ、国許を離れましたが、そのおりに筑前の福岡というところにしばらくいたのを覚えております。大きなお屋敷で庭には池がございました。庭には、まるで花畑のように花が多く植わっておりました」

淡々と胤舜は言った。

「そなたの母は、幼い頃は美鶴という名であったが、唐津藩に奥女中として仕えて萩尾と名を改めておった。そなたが母と訪れたとき、雁金草などの花を見せてあげ、それから池に笹舟を浮かべて遊んだのです。帆掛草という呼び名を教えたのはそのときのことでしょう」

房野はしみじみと言った。

「此度はせっかくわたしを呼びよせながら、なぜ、ひいおばあ様であるとお名のりになられなかったのですか」

「その前に伝えたいことがあったのです。そなたの母上のことです」

「わたしの母のことですか」

胤舜はどきりとして身を乗り出した。

「そなたは〈花筐《はながたみ》〉という能をご存じか」

胤舜は頭を横に振った。

「いえ、拝見したことはありません」

さようか、と言って房野は〈花筐〉について話した。

越前に住む大迹辺《おおあとべ》皇子（後の継体天皇）は皇位継承のため都に上ることになり、寵愛する照日前《てるひのまえ》に文《ふみ》と形見として花筐を贈る。

照日前は別れを悲しみながらも文と花筐を抱いて里へ戻る。このころ即位して継体天皇となった皇子は、紅葉の御幸《みゆき》に出かけた。

その際、物狂いとなり、大迹皇子の跡を慕って都へ来た照日前が侍女と共に継体天皇の行列を遮った。官人は狂女が帝の行列を妨げたとして侍女が持つ花筐を打ち落とす。

照日前は漢の武帝の后で病となり、容貌が衰えたとき、決して武帝に会おうとしなかった李夫人の曲舞を舞う。

李夫人は武帝の寵愛が自分の美しさだけに向けられたはかないものであることを知っていたのだ。

継体天皇は照日前の花筐をみて確かに自らが与えた物だと思い、照日前は再び召されて都へと伴われていく。

女人の哀しみが伝わる演目だった。

「照日前のことを聞いて、何か思い出さぬか」

房野が誘うように言うと、胤舜ははっとした。

「まるでわたしの母のことのように思えます。わたしの父、水野忠邦様は青雲の志を抱き、幕閣に入るため江戸に向かわれました。わたしの母はともに行くことがかなわず、筑前の実家にいた後、大坂に出ました」

「そうじゃ。そして水野様のもとに参る際に母はそなたを捨てたのです」

房野は厳しい口調で言った。

胤舜は房野の眼を見据えた。

「母には再会いたしました。そのおりの心持もうかがっております」

「それで、胸の内は晴れたと申されますか」

房野は胤舜の胸の内を見透かすように言った。

「わたしは母を信じるしかないと思っております」

胤舜は苦しげに答える。

「なぜ、憤って母を罵らないのですか」

「子としてさようなことはできません」

頭を横に振って胤舜は答える。

「赤子は皆、母の迷惑など顧みずに泣きます。母が決して自分を捨てることはない、と信じられぬそなたは、また母がいなくなるのではないかと恐れておるゆえ、罵ることができないのです。ですが、それはまことの気持だと言えるでしょうか」

胤舜の眼に涙が浮かんだ。

「母は一度、会いに来てくれましたが、すでに重い病で喀血されました。その後、どうされたのかわかりません」

「母を信じよ」

厳かに房野は言った。

胤舜はあらためて房野を見つめた。小柄でふくよかな顔をした房野は能に出てくる神の化身のように思えた。

房野はさらに言葉を継いだ。

「そなたの母は、もう一度、会うまで決してこの世を去ることはない。母とはそうしたものぞ。わたくしが、齢《よわい》を重ね、この年になるまで生きてきたのは、何のためだと思う。わが子をわが孫をさらにそなたを慈しむためじゃ。わたくしの思いは決して涸れることのない泉のごときものじゃ」

房野の言葉を聞いて、胤舜は涙にむせんだ。

「そなたは、わたくしがどのように生きてきたかを八太夫から聞いたであろう。尽くせども、尽くせども、努めても、努めても、わたくしの願いはかなえられなんだ。何をいたそうと此の世は無駄なのかもしれぬと思い悩み、苦しんだ夜は百夜、千夜に留まらぬ。ひとは何かを得ることはついにはかなわぬのかもしれぬ」

房野の声に悲痛な思いがあふれた。胤舜はうなだれ、八太夫は涙を拭くこともできなかった。

「されど、わたくしは思い至った。この世は苦に満ちた、苦の世じゃ。されど、同時にひとが清く生きる浄土でもあろう。われらは、苦の世を生き、浄土にすがり、ただ、この身を献ずるばかりじゃ」

「此の世に身を献ずると言われますか」

胤舜は房野の言葉を繰り返した。

「さようじゃ。無惨に花を切ったのはそのことを伝えたいがためでした。ひとは無惨に散らされるばかりかもしれぬ。しかし、それにたじろがず、迷わず生き抜くことにひとの花があるのです。わたくしはそなたに何の形見も残せぬ。あの花がそなたへの形見なのだと思ってください」

房野は言い終えるなり、ゆっくりと横に倒れた。

「おばあ様――」

「奥方様――」

胤舜が房野を抱え、八太夫が傍らに寄った。

房野は目をうっすらと開けた。

「胤舜殿、ひとはこの世を去ってからも、朝の光となっていとしきひとを見つめるものぞ。決してひとりきりになることはない。そのこと、忘れてはならぬ」

房野は手をのばした。

その手を胤舜は握った。

温かい手だった。


房野は息を引き取った。

大覚寺にて葬儀を行い、八太夫が骨壺を桐箱に入れて九州へと持ち帰ることになった。

八太夫の旅立ちの朝、胤舜と楼甫、源助が見送った。

頭を下げて挨拶した八太夫が去ろうとしたとき、源助が口を開いた。

「わたしはひとに仕える身だからわかりますが、熊谷様の房野様への思いには、主としてだけでなく、女人としての思いもあったのではありませんか」

八太夫は振り向いて驚いたように源助を見た。

やがて、頰をゆるめると、

「さような思いがなかったと言えば嘘になりましょう。しかし、わたしは奥方様に邪《よこしま》な気持を抱いたことはただの一度もありません。されど――」

八太夫は空を見上げて言葉を継いだ。

「奥方様が肥前佐賀に行かれてひっそりと源太郎様らを育てておられたころ、病に倒れられたことがございました。そのおり、わたしは致仕いたしてひと月の間、佐賀に赴いて奥方様を看病いたしました。一つ屋根の下に源太郎様と美鶴様とわたし、そして奥方様がいる。あれほど心満ちて幸せなときはございませんでした。わたしはあの思い出だけで十分でございます」

胤舜は微笑んで言った。

「熊谷様の思いはおばあ様に届いていたと思います。だからこそ、高齢を押して熊谷様と旅に出られたのではありませんか。おばあ様にとって、此度の旅はわたしに形見を渡し、さらには熊谷様に別れを告げるための旅であったろうかと思います」

「さようでしょうか」

胤舜の言葉を聞いて八太夫は滂沱《ぼうだ》の涙を流した。やがて涙を拭いた八太夫は、

「お世話をかけました」

と言って、背を向けて歩き出した。

八太夫の背に朝の光が降り注いでいる。

西行桜

［蕾桜］

一

二月になった。
ある日、胤舜は師の広甫から、
――西行法師の桜を活けよ
との課題を与えられた。それを聞いた兄弟子の立甫が、
「難題やな」
とつぶやいた。西行の桜というからには、よく知られる、
願はくは花の下にて春死なむその如月《きさらぎ》の望月の頃

という和歌を思い浮かべて活ければいいようなものだが、この和歌そのものに謎がある。

如月の望月の頃とは二月十五日（新暦で三月半ば過ぎ）のことだ。

この日は釈迦の入寂の日でもあるとされるから、願わくば、お釈迦様と仏縁を得て、桜が咲き誇るころに西方浄土に旅立ちたいと読める。だが、桜の時期としては、やや早いのだ。

このため、この花とは梅なのではないかという見方もあるが、西行は桜の和歌を多く作っており、そもそも和歌で花と言えば、桜のことなのだ。

だとすると、西行は桜の盛りではない時期をなぜ、わざわざ選んだのだろう。しかも文治六年（一一九〇）、河内の弘川寺《ひろかわでら》で亡くなる。享年七十三歳だった。奇しくも没したのは二月十六日、和歌に詠んだ二月十五日と一日違いであり、

——望月の頃
を十五日ごろとするならば、まさに和歌通りに生を終えたことになる。このことは京のひとびとを驚かせ、

「さすがは西行法師——」

という声が高まった。

西行の桜という課題であれば、当然西行の最期についてなにがしか伝えることができ

る活花でなければならないだろう。

さらに、西行の桜と言えば、風雅の道を知るひとならば、能の〈西行桜〉を思い浮かべるだろう。

世阿弥の作とされるこの能では、西行が住む京、西山の庵の桜が満開で大勢の見物人がやって来る。

遠路の訪問者をすげなく断ることもできず庭に通すが、内心では迷惑な西行は、

花見んと群れつつ人の来るのみぞあたら桜の咎《とが》にはありける

と和歌を口ずさんだ。その夜、西行は夢を見る。桜の精の老人が木陰から現れて、

——桜の咎

とは承服できないと言う。それでも西行の知遇を得たことを喜び、京の桜の名所を数えあげてその景色を讃えて舞い、夜明けとともに去っていくという能だ。

この能も合わせて考えるなら、〈桜の咎〉について活花で表すところがなければならないだろう。

立甫から、西行の桜について思いめぐらすことを教えられた胤舜はこの日、夜遅くまで自室で考えていた。

翌朝になって、寺男の源助を呼んだ。

り、

「出かけますから、供をしてください」

　源助は胤舜が、西行の桜を課題として活けるよう命じられたことを立甫から聞いてお
「今時、桜の枝を手に入れるためには、ちょっと遠出をしなければなりませんぞ」

と言った。

胤舜は微笑して頭を振った。

「いいえ、今日は桜を取りには参りません。勝持寺《しょうじじ》に参ります」

「ああ、〈花の寺〉でございますな」

源助は得心した。

嵯峨野の南にある勝持寺は、天台宗の寺院で、白鳳八年（六七九）、天武天皇の勅を奉じて役行者《えんのぎょうじゃ》が開いたと伝えられる。

延暦十年（七九一）に最澄が堂塔伽藍を再建して薬師如来像を安置したとされる。四十九の塔頭子院があった大きな寺だ。

南北朝時代、足利尊氏が六波羅攻めの際、住持が、

——勝持
と記した旗竿を献じた。吉瑞なりとして喜んだ尊氏が、その後、勝持寺を庇護したことが寺の繁栄につながったという。

〈花の寺〉の名は、多くの花の和歌を詠んだ西行が出家、隠棲した寺であり、春には多

くの桜が咲くことからだ。

「しかし、勝持寺でも桜の見ごろにはまだ早うございますぞ」

「構いません。桜ではなく、西行様の心を見に行くのですから」

源助は目を丸くしたが、それ以上は何も言わなかった。

胤舜は源助を供に勝持寺に赴いた。

このあたりは大原野と呼ばれ、小塩の高峰をひかえたひなびた村落である。

山門には阿吽《あうん》の仁王像が厳《いか》めしく立っている。山門をくぐるとさらに石段を登り、南門を通った。慎ましくも凜々しさがある本堂や大きな伽藍を眺めつつ歩きながら胤舜は西行について考えた。

西行は、〈承平天慶の乱〉で平将門を討ち取った武功で知られる田原（俵とも）藤太藤原秀郷《ひでさと》の子孫で、北面の武士佐藤義清《のりきよ》として鳥羽上皇の寵を受けた。

ところが二十三歳のとき、従六位左兵衛尉《さひょうえのじょう》の官位も妻子も捨てて突然、出家した。将来を嘱目されていた北面の武士がなぜ、仏門に入ったのか、そのわけを知るひとはいなかった。

あるいは西行は鳥羽天皇の中宮だった待賢門院璋子にひそかに恋をしており、その苦しさから逃れるために出家したのではないかという。

璋子は、西行の十七歳年上だったが、帝の中宮でありながら、白河法皇の寵愛を受け、後の崇徳天皇を産んだと伝えられる。鳥羽上皇は、わが子である崇徳天皇を祖父である白河法皇と璋子が密通して生まれた子と疑って、

——叔父子

と呼んで忌み嫌った。

このことがやがて保元平治の乱を引き起こしていくことを思うと、璋子はまさに妖女だった。しかし、西行は出家しても、璋子の居る京に近い畿内の山中で草庵をあみ、叶わぬ恋の寂しさ、哀しさを歌にしたという。

その思いを振り切るためか、西行は二十六歳のころ、奥州への旅に出た。白河の関から武隈《たけくま》の里、笠島、名取川を経て平泉に藤原秀衡《ひでひら》を訪ねた後、京に帰っている。その後、高野山に入り、五十歳を過ぎてから四国など諸国を行脚《あんぎゃ》した。

このころ、源平争乱の時代で、西行は戦が続き、ひとびとが苦しむ様を目の当たりにした。西行は、「東西南北、どこでも戦いが起こり切れ目なく人が死んでいる。これは何事の争いか」と嘆き、

死出の山越ゆる絶え間はあらじかし亡くなる人の数続きつつ

と詠んだ。さらに戦乱で奈良の東大寺が大仏殿以下ことごとく焼失したことを知ると老いた身でありながら行動を起こした。

大仏を鍍金《ときん》する為の砂金を提供することを奥州藤原氏に求めるため、七十歳近い身でありながらはるばる平泉を再訪して藤原秀衡に会い、大仏再建を要請したのだ。西行の真摯さに打たれた秀衡はすぐに砂金を送ったという。この旅の途中、西行は、

年たけてまた越ゆべしと思ひきや命なりけり小夜の中山

と詠んでもいる。西行にとっていのちと絶唱の旅でもあった。

胤舜は、歩を進めつつ、

(西行様は、命の際《きわ》まで歩むことをやめなかった御方のようだ)

と思った。西行法師の桜とは、すなわち〈いのちの花〉ではないだろうか。そんなことを考えながら歩いていた。

そのとき、胤舜は塔頭の前でひとりの尼僧がうずくまっているのを見た。近づいた胤舜は心配して、

「どうされました」

と声をかけた。尼僧は顔を上げた。

四十過ぎだろうか、ととのった顔立ちの美しいひとだった。

「すみません、急にお腹が痛くなりました」

尼僧が苦しげに言うと、源助が傍に寄って、

「癪《しゃく》ですな。苦しいでしょうな。どちらのお寺でございますか」

「寺は持ちませぬ。知恩院の真葛庵《まくずあん》におります」

尼僧はかすれた声で言った。

東山にある知恩院は、鎌倉時代に浄土宗の開祖である法然が専修念仏《せんじゅ》を布教するため、――吉水《よしみず》の草庵を設けて住んだのが始まりといわれる。法然の死後、弟子の勢観房源智が伽藍を建立し、浄土宗を信仰していた徳川家康が、母の菩提を弔うため、寺院を大規模なものに拡張した。

源助は首をかしげると、

「知恩院はちと遠いですな。わたしどもの大覚寺で休まれて、それから駕籠でも呼ばれたらいかがです」

と親切に言った。

「さようなご迷惑をおかけするわけには参りません」

尼僧は頭を横に振った。

「何の、かように出会ったのも仏縁でございましょう。それに、病は軽く見ると、恐いことがあります。用心されたがよい」

源助は珍しく執拗に言うと、背中を向けた。おぶされ、というのだろう。

尼僧がためらっていると、胤舜が言葉を添えた。

「遠慮なさらずともよろしいです。わたしは活花の想を得るために、こちらへ参りました。あなた様に出会えたのも仏のお導きかもしれません」

実際、胤舜は最初に尼僧を見たときに、母に面差しが似たひとだ、と思った。それとともに、広甫が課題とした、西行桜とは、いのちのはかなさを伝える花のことなのではないか、という考えが浮かんだ。

西行は自らの最期に思いを馳せたとき、はらはらと散る桜こそがいのちの終焉にふさわしいと思ったのではないだろうか。

だとすると、活けるべき花は花瓶に一枝だけの桜だろう。その桜の花が散るまでのわずかな時そのものを活けるのだ。

胤舜の脳裏には、青磁の花器に活けられ、薄暗い床の間でひめやかに花弁を散らしていく桜が浮かんでいた。

胤舜がそんなことを考えている間になおも源助は、

「遠慮されますな。時がかかるばかりですぞ」

と尼僧をせかせた。尼僧は申し訳なさそうな顔をしたが、やはり痛みが耐えがたいらしく、

「それでは、甘えてお世話になります。わたくしは蓮月《れんげつ》と申します」

尼僧は恐る恐る源助におぶさった。

「れんげつ、とはどのような字を書かれるのですか」

源助に訊かれて、蓮月は、

「蓮に月でございます」

と答えた。

源助は、なぜか、はっとした顔になったが、すぐに、大きな声で、

「よいお名でございますな」

と言うと、蓮月を背負って歩き出した。

胤舜はその後からついていく。

ふと、よい匂いがした。蓮月の匂いではあるまいか、と思った胤舜は何となく顔を赤くした。その時、源助がさりげなく後ろを振り向いた。つられて胤舜も振り向いたが、誰もいなかった。

風がつめたかった。

二

胤舜が蓮月を連れて戻ると、広甫は驚いた様子もなく、

「手当てをしてさしあげなさい」

と言った。師の命を受けて立甫と祐甫が立ち働いて、一室に布団を用意し、薬湯も持ってきた。

蓮月はしばらく休んで少し落ち着いたようだった。起き上がって薬湯を飲んだころには、顔色も落ち着いていた。しかし、すでに日は暮れようとしていた。

「夜道は危ういゆえ、今日はこの寺に泊まられるがよい」

広甫に言われて、蓮月は素直に従った。

その夜、胤舜は縁側に座り、部屋の外から蓮月と話し込んだ。

夜空に月が出ている。

胤舜は、蓮月がどことなく、母に似ている気がすると口にした。

「お会いしたいのですが、なかなかままなりません」

蓮月はにこりとした。

「さようでございますか」

「親子ならば、かようにできるのではないか、ああもできるだろうと思いがちですが、親子なればこそ、難しいことは多いのではありますまいか」

「はい、わたくしは実の母の顔すら覚えておりませんもの」

淡々と蓮月は話した。

蓮月は、寛政三年（一七九一）正月に京の三本木で生まれた。名は誠《のぶ》である。

伊賀上野藤堂藩の城代家老、藤堂新七郎良聖《よしきよ》の庶子だった。

このため生後十日ほどで知恩院の寺侍であった大田垣光古《てるひさ》の養女となったという。

「それで母上様の顔をご存じないのですか」

「そうですが、世間ではさして珍しいことではありません。誰もがそれぐらいの哀しみは背負って生きているものでございますよ」

蓮月は諭すように言った。そのとき、源助が庭先に来た。

「まだ、寝てはおられませんでしたか。今夜は、わたしが寝ずの番をいたしますゆえ、ゆっくりとお休みください」

源助は蓮月に頭を下げて言った。

蓮月は微笑んで答える。

「いま少し、胤舜様とお話しいたしてもよろしいでしょうか。今宵は何となく昔のことが懐かしく思われてなりません」

源助は蓮月から目をそらせた。

「ほう、さようですか。わたしは、昔のことなど憂きことばかりで思い出したくもありませんが」

「わたくしもかつてはそうでした。いえ、いまでもそうかもしれません、それでも生きてきた歳月ばかりは消し去ることはできそうにもありません」

蓮月はさらに話を継いだ。

源助は黙って聞き入っている。

蓮月は、少女のころは丹波亀山城の奥女中として勤め、その間に薙刀《なぎなた》、書道、茶、活花などの諸芸を身につけた。十七歳の時、大田垣家の養子、望古《もちひさ》の妻となった。一男二女をもうけたが、いずれも夭折したという。

望古は酒と博打に溺れた放蕩者で、蓮月にも殴る蹴るの乱暴が絶えなかった。そのため離縁した。このころから養父とともに知恩院のそばに住むようになった。

そして二十九歳のときに入り婿の古肥《ひさとし》を迎えて一女を儲け、夫婦仲はよかったが、四年後に夫は病で亡くなった。葬儀の後、養父とともに知恩院で剃髪して仏門に入り、蓮月と称することになった。さらに二年後、七歳の娘も病で逝った。

いまは年老いた養父の世話をして生きているのだという。

「いまは夫も子もおらず、世間の目から見れば寂しい境涯かもしれませんが、わたくしなりに懸命に生きて参った日々をいとおしみたいと思っております」

「見事なご心境でございます」

源助が感に堪えたように言った。

蓮月は微笑した。

「あなた様にもいとおしむ日々はございましょう」

蓮月が源助に話しかけたことに胤舜は驚いた。日ごろ、大覚寺を訪れた者は寺男にわざわざ声をかけたりはしない。

源助は苦笑した。

「さて、わたしはおわかりかもしれませんが、武家奉公をして参りましたが、生来の乱暴者でどこも務まらず、大覚寺に拾われてなんとか命をつないでおるだけでございます」

「それでも、あなた様を見ておりますと、なにやら、心弾んで楽しそうに見えましたが、わたくしの見間違いでしょうか」

「いや、さようではございません。実を言えば、胤舜様が活ける花を見ていますと、何やら楽しい思いはいたしております」

胤舜は源助に顔を向けた。

「そのような話は初めて聞きました。まことでしょうか」

源助は頭に手をやった。

「お恥ずかしいが、まことです。胤舜様の活ける花はどれひとつとして同じものは無く、常に新しゅうござる。そのような花を見ておりますと、いのちというものは、かようにそれぞれが違って、しかも新しいのか、と思えば、おのれが生きてきた道も無駄ではない、と思えて嬉しいのでございます」

蓮月はうなずく。

「まことにいのちというものはいとおしゅう存じます。わたくしは再婚した夫と四人の子を皆、失いました。振り返ってみれば、どのいのちもいとおしく掛け替えのないものだ、と思います。なぜ、奪われねばならないのか、という口惜しさはおそらく生涯、消えることはありますまい」

そう言った蓮月は子を亡くしたとき、かような和歌を作りました、と言って詠じた。

つねならぬ世はうきものとみつぐりのひとり残りてものをこそおもへ

みつぐり、とは三つ栗のことだという。栗のいがの中に実が三つあることを表す。この三つの実のように、父母と子供がぴたりと身を寄せ合っていることを表すのだ。しかし、無常の世は憂きもので、三つ栗のなかでひとりだけ残ってしまったというのが、蓮月の嘆きなのだ。

「三つ栗でございますか」

源助が月を見上げて物憂げにつぶやいた。

月は煌々《こうこう》と照っている。

翌日――

蓮月はもうよくなったからと遠慮したが、胤舜は源助とともに知恩院まで送っていくことにした。

京の町を美しい尼僧と浄げな少年僧、腰に木刀を差した弁慶のようなむくつけき寺男が歩いていくとひと目を引いた。町筋を通り、やがて鴨川の四条大橋にさしかかったあたりで、蓮月は振り向いて、

「ここからならば、もはや、わたくしひとりにても参れると思いますゆえ」

と頭を下げた。

胤舜がどうしたものかと顔を見ると源助は大きく頭を横に振った。

「それはなりません。ここから先がむしろ危のうございます」

胤舜は眉をひそめた。

「危ないとはどういうことでしょうか」

源助は四条大橋を行き交うひとびとに目を遣った。そして、吐息をつきつつ、

「わかりませぬが、さような気がいたしますぞ」

蓮月はじっと源助を見つめて、さようですか、と言った。

そして背を向けて歩き出そうとしたとき、足音高く、蓮月に駆け寄ってきた男がいた。

中年の髭面の浪人者だった。

浪人者は駆け寄るなり、刀を抜き放った。足音に気づいて振り返った蓮月に浪人者は、

――死ねっ
と叫びつつ斬りつけた。その刀を源助の木刀が弾き返した。

「こ奴、邪魔するか」

浪人は源助を睨《にら》みつけると、斬りかかった。

かっ
かっ
源助の木刀と刀が数合、打ち合った。浪人は気合とともに斬りつけてくるが、源助は

これを木刀で払ってしのいだ。そして隙を見つけたのか、源助は浪人の懐に飛び込んだ。腕を抑えながら、腰を入れて橋の上に投げ飛ばした。

うめいた浪人がそれでも跳ね起きようとすると、源助は木刀を振りかざして浪人の肩を打ち据えた。

浪人はふたたび倒れ、刀を取り落した。源助はその刀を素早く拾った。浪人は源助が刀を拾ったのに気づいて蒼白になった。

源助は刀を手に浪人に近づいた。

「ひとを斬ろうとしたのだ。斬られる痛みを知ってもらおうか」

源助が刀を振り上げたとき、蓮月が声をかけた。

「お待ちください。そのひとはわたくしが離縁いたしました、前の夫の望古殿でございます」

浪人はがくりと肩を落としてうなだれた。

蓮月は浪人に近づいて、

「あなたはまだおわかりになりませぬか。たとえ再婚した相手が亡くなったからといって、このように尼になりましたからにはあなたのもとへ戻る気はございません。そのことを憎んで乱暴されても無駄なことでございます。もし、いのちを奪われましょうとも、わたくしの心は変わりません」

と厳しい声音で言った。浪人は顔をゆがめた。

「なぜだ。昔の放蕩のことなら悔いておる。もう一度、やり直せばよいではないか。わたしは変わったのだ」

「今日のような振る舞いをされるところは昔と変わっておられぬではありませんか。それにひととひととの関わりは一度、それてしまえば、二度と交わりはいたしません。だからこそ一期一会の交わりが大切なのでございます。生涯二度とないという思いで向き合わなかったら、もはや取返しはつかないのです」

蓮月は言い置くと背中を向けて歩き出した。

振り返ろうとはしなかった。

知恩院まで蓮月を送り届けた胤舜と源助は辞去しようとしたが、蓮月に勧められるまま真葛庵に上がった。

質素な庵の奥には、誰かが寝ている気配があり、軽い咳が聞こえてくる。だが、蓮月は病人がひとりおりますが、お気になさらずに、と言っただけで、臥せっているのは誰なのかは告げなかった。

蓮月は茶を点《た》ててから、

「前の夫の望古殿は離縁した後、何回も復縁を迫って参られました。さすがにわたくしが再婚いたしてからは遠ざかっていたのですが、夫が亡くなると、ふたたび復縁を言ってきたのです。それで、髪を下ろして尼になったのです」

と言った。胤舜は、目を瞠《みは》った。

「蓮月様が尼になられても、諦めなかったのですか」

蓮月は苦笑した。

「はい、還俗すればすむことだと勝手なことを言われるのです。それでもはっきり断っておりましたら、さらにつきまとうようになってきて、ひょっとして害するつもりなのか、と恐く思っておりました」

「それでも、今日は源助殿が痛い目にあわせましたから、おとなしくなるのではありませんか」

胤舜はかたわらの源助に顔を向けた。

源助は何も言わず頭を下げた。

「まことにそうだ、と思います。望古殿は気の弱い、ひとに頼らずには生きていけないようなひとなのです。これで、懲りたのではないかと思います」

そう言った蓮月はあらためて源助に顔を向けた。そして、微笑みを浮かべると、

「守っていただき、ありがたく存じます。鷹栖《たかす》源助殿は昔の約束を果たしてくださったのですね」

源助は蓮月を見つめ返した。

「覚えていてくださいましたか、誠様――」

「忘れはいたしませんとも。鷹栖源助殿は生涯で初めてわたしを守ると言ってくださっ

たのですから」

源助は目を閉じて二十数年前のことを語り始めた。

三

わたしはあのころ、まだ元服前だったと思います。

丹波亀山藩に小姓として仕えておりました。

何分にも剣術だけが取り柄の乱暴者でほかの小姓たちをすぐになぐってしまうことから皆に嫌われておりました。

そんなわたしにやさしくしてくださったのは、奥女中の誠様だけでした。わたしが奥での片付けなどで失態があると、そっと助けてくだされた。

そのおかげで何度救われたかしれません。だが、そのうち、わたしは近習頭の加倉十兵衛が誠様に怪しからぬ振る舞いをするのを何度か見かけました。

廊下でのすれ違い様に体にさわろうとするだけでなく、御殿での酒席のおりなど誠様に無理に酌をさせ、手を握ったりもしておりました。

わたしはその振る舞いを見るにつけ、憤って、十兵衛を懲らしめたいものだ、と思いました。だが、そのつど、誠様に仮にも加倉様は上役なのだから、さようなことをしてはならない、と諌《いさ》められました。

そうかもしれない、と思ったわたしは胸をなだめておりましたが、ある晩、城中で酒が振る舞われたおり、酔った十兵衛が誠様を納戸に引きずりこもうとしているのを見てしまったのです。わたしはたまらずに駆け寄って後ろから十兵衛の頭をなぐりつけました。十兵衛は仰向けに倒れて気を失いました。

倒れたときに切ったのか、後頭から血が流れていました。それを見て、さすがにわたしは恐ろしくなりました。

誠様に頭を下げ、その場から逃げ去ろうとしました。屋敷に戻り、そのまま脱藩しようと思ったのです。

ですが、わたしの腕をつかんで、誠様が引き留めました。

「逃げてしまえば、お咎めを受け、それが一生ついてまわります」

誠様はわたしにそう言うと、酒と油を台所から持ってくるように言いました。その間にも誰かが廊下を通りがかるのではないか、と気になりました。

幸い、誰も来ない間に、酒と油を誠様のところに持っていきました。すると、誠様は油を十兵衛の足袋に塗り、さらに納戸の戸口にまきました。

そして、酒を十兵衛の顔や胸などにたらし、開いている口に注ぎ込みました。そして、わたしには小姓の控室に戻り、誰にもこのことを言うな、と口止めしました。

それから、誠様は酒宴が行われている大広間に行って、十兵衛が納戸のところで足を滑らせて頭に大怪我をしていると告げたのです。

家臣や女中たちが駆けつけてみると、十兵衛は大の字になって倒れて気を失っており、傍らには油壺が転がり、あたりは油で濡れていました。

酒に酔った十兵衛が油壺を落として油で足を滑らせ、後頭を打ったのだろう、ということになりました。十兵衛からは酒の臭いがぷんぷんしており、十兵衛が大酔していることは誰も疑わなかったのです。

酔いから覚めた十兵衛は何かおかしいとは思ったでしょうが、さすがに後ろからわたしに殴られたことには気づかなかったのです。

わたしはその後、元服すると江戸での剣術修行を藩に願い出て許されました。出立の日、御殿に誠様に会いに行き、十兵衛の一件での礼を言いました。誠様は、笑って、

「助けてもらったのは、わたくしの方でしたから」

と言われました。そのとき、わたしは、

「誠様を生涯、お守りいたします」

と言いました。本当は三歳年上ながら、誠様を妻に迎えたいと言いたかったのですが、さすがに恥ずかしくて言えませんでした。

わたしは江戸に出て剣術修行に励みましたが、そのうち、誠様が嫁されたと人づてに聞きました。

その後、わたしは江戸藩邸で喧嘩沙汰をおこして藩から追放され、諸国を転々としましたが、誠様のことを忘れたことはありませんでした。お会いすることこそありません

でしたが、夫を亡くされて髪を下ろされ、蓮月と名のっておられることだけは耳にしていました。

それだけに勝持寺でお会いしたときは胸が騒ぎました。

話し終えた源助は照れ臭そうに、

「あのおりの元服前の小姓がかような身になり果てました。まことに恥ずかしき限りでございます」

と言った。蓮月は頭を横に振った。

「そんなことはありません。鷹栖殿は曲がったことが嫌いなご気性のまま生きて参られたことはよくわかります。わたくしはおのれの初心を曲げずに生きることがもっとも大切なことだと思います」

蓮月はしみじみと言った。

その言葉を聞いて、胤舜ははっとして口を開いた。

「わかりました」

蓮月はやさしい目を胤舜に向けた。

「何がおわかりになったのでしょうか」

「わたしは、師から、西行法師の桜を活けよ、と言われております。どのようにして活けたらよいのか、なかなかわかりませんでしたが、ただいまのお話でわかったように思います」

「それはようございました」

蓮月がうなずくと、胤舜は真剣な面持ちで口を開いた。

「蓮月様と源助殿のお話を聞いておりましたら、ひとがこれから生きていこうとするときの輝かしきものを感じました」

「さようですか」

蓮月は微笑んだ。

「ひととひとが信じあう美しさからひとの真《まこと》は生まれるのだと思います。西行様の桜は生きることの喜びそのもののことだと思います、だからこそ、そのような桜のもとで死にたいと西行様は思われたのではないでしょうか」

胤舜は立ち上がった。すぐにでも花を活けたいと思っていた。

「失礼いたします」

胤舜はあわただしく去り、源助も続いた。

蓮月は、胤舜がいなくなった後、しばらく静かに座っていたが、頃合いを見てから隣室との間の板戸をゆっくりと開けた。

隣室には蓮月と同じ年頃の女人が臥せっていた。

蓮月は微笑んで声をかけた。

「いかがでございました。胤舜様はまことに立派なお考えを持つようになられたではございませんか」

臥せっていたのは胤舜の母、萩尾だった。

萩尾は胤舜と会った後、江戸には戻らず、知恩院で療養していたのだ。

「まことに有難く存じます。胤舜殿の声が聞けて、嬉しゅうございます」

「胤舜様はよほど母上に会いたいご様子でした。お会いになったほうがいいのではありませんか」

「いいえ、それでは、胤舜殿に迷惑がかかります。わたくしは胤舜殿をひそかに見守ることができればそれでいいのです」

萩尾は目に涙を溜めて言った。

「さようですか。四人の子を亡くした母であるわたくしには、それも羨ましいことのように思えます」

蓮月はどこか寂しげだった。萩尾ははっとして、

「気づかぬことを申しました。せっかく、わたくしに胤舜殿を引き合わせようと勝持寺まで行っていただきましたのに」

と申し訳なさそうに言った。

「それも、広甫様にご相談いたして、胤舜様と会えるように西行桜を課題としていただけたからです。西行桜を活けようとすれば、必ず勝持寺に行くから、そこで待てば会え

ると言われたのです。胤舜様が来られたのを見て癪の真似をしましたが、すべてはうまくいきました」

蓮月はほほ、と笑った。

萩尾が胤舜の声だけでも聴きたいと願っているのを知った蓮月は広甫にふたりをひそかに会わせることはできないかと手紙で頼んだ。すると、広甫から、胤舜が勝持寺に行くよう手立てをする、との返事が来たのだ。

こうして蓮月は胤舜たちに会うことができたのだが、まさか、前の夫が出てきたり、源助と再会するなどとは夢にも思っていなかった。

萩尾は天井を見つめながら、

「それにしても胤舜殿が活けた、西行桜とやらを見たいものです」

「まことにさようです。どのように活けられるのやら」

蓮月は首をかしげて笑みを浮かべた。

翌日、胤舜は大覚寺の本堂で桜を活けた。

広甫が前に座り、立甫や祐甫、楼甫ら兄弟子たちも居並んでいる。本堂の隅に源助もひかえていた。

胤舜は白磁の壺に桜の一枝だけを活けた。桜はまだ花弁が開いていない、

——蕾

だった。

広甫はじっくりと桜の蕾を見てから、

「これが西行法師の桜だと言うのだな」

「さようでございます。二月の望月のころ、まだ桜は満開ではございません。西行さまが見たかったのは、これから開こうとする桜のいのちではなかったかと思います。そのもとでならば、安心して旅立つことができると思われたのではないでしょうか」

胤舜は静かに言った。

広甫はゆっくりと口を開いて詠じた。

——未だ生を知らず、焉《いずく》んぞ死を知らん

孔子の論語にある言葉だ。孔子の弟子の季路に死について問われたときの答えだ。このとき、季路は鬼神につかえることについても訊ねている。

季路、鬼神に事《つか》へん事を問ふ。
子曰く、未だ人に事ふること能《あた》はず、
焉んぞ能《よ》く鬼《き》に事へん。
曰く、敢へて死を問ふ。

曰く、未だ生を知らず、
焉んぞ死を知らん。

広甫は論語を説きつつ話した。

「わたしたちは、いまだ生を知っていないのだから、死について語ることはできぬ。だが、生を知るためには、その始まりから知らねばならない。蕾とはすなわち生が開かんとする一瞬なのだ。わたしたちはそれを見ることによって、初めて死を知る一歩を踏み出せるのだ。死ぬことは終わりではなく始まりなのかもしれないのだからな」

胤舜は静座して身じろぎもしない。

片隅に控えていた源助が、

「いかにもさようでございます」

と声を発した。そして、

「わたしは元服前に会ったひとのことを思い、生きて参ることができました。ひとはいまから生きようとするときに、必ず何かに出会うものなのかもしれませんな。その出会いがあればひとは幸せに生きていけるもののようでございます」

と自分に言い聞かせるように言った。

源助の脳裏には蓮月の面影がくっきりと浮かんでいた。

蓮月はその後、養父も亡くなってまったくのひとりになった。

長年住み慣れた知恩院から岡崎村へ移って一人住まいを始めた。その後は一人暮らしの生計を支えるために後に、

——蓮月焼
として有名になる陶器づくりを始めた。

また、蓮月は書の名手としても知られた。品位ある書は、蓮月の和歌と同じように平明で、やさしさがあふれている。それが人をして清々しい気持にさせるのだろう。

この文字で自作の和歌を記した陶器は評判になった。

蓮月は明治八年（一八七五）、十月の末頃から病の床についた。

この時には、遺体を包む白木綿や棺桶をあらかじめ準備しておき、白木綿には、蓮と月の画が描いてあり、画賛に次のような辞世がしたためられていた。


ねがはくはのちの蓮《はちす》の花のうへにくもらぬ月をみるよしもがな

さらに棺桶には経帷子《きょうかたびら》が入れられており、これには、

ちりほどの心にかかる雲もなしけふをかぎりの夕暮れの空

と書かれていた。蓮月は幾多の不幸に見舞われながらも迷うことなく清々しく生きたのである。

祇王の舞

［青紅葉］

一

江戸城西ノ丸老中、水野忠邦の家臣、椎葉左近《しいばさこん》と名のる男が大覚寺を訪れたのは、四月に入って新緑が目に濃い季節だった。

左近は水野家の重臣らしく供が七人ほどいた。

先触れの者が大覚寺を訪れたのは前日のことで、左近は大覚寺の花務職の不濁斎広甫に会いに来るのだ、と告げた。

広甫は、立甫と祐甫、楼甫の三人の弟子たちとともに支度をして待ったが、胤舜は源助をつけて外出させた。

胤舜は広甫から椎葉左近が来た時、大覚寺にいないように、と言われて問い返した。

「なぜでございましょうか。椎葉様と言われる方はわたしの父の命で来るのだ、と思いますが」

「間違いなくそうだろう。しかし、それが、そなたにとってよい話かどうかはわからぬ。ここは用心しておいたほうがよい」

胤舜が水野忠邦の子であるとは、いまでは広甫だけでなく、源助や三人の弟子たちも知っていた。

広甫がよい話かどうかはわからないというのは、忠邦が出世のために唐津から浜松への移封をしたことを恨む旧家臣がいるからだった。

これまでに胤舜が忠邦へ恨みを持つ者から狙われたことを、広甫は重く受けとめて用心するようになっていた。

広甫に言われて胤舜が怪訝な顔をすると、かたわらにいた源助が口を開いた。

「もし、水野様が胤舜様をわが子と認めて引き取りたいということであれば、まずお召し出しの使者が来るはずなのです。それがなくて、たとえ重臣であれ、家来に乗り込ませるというのは、礼を失したやり方です。まともに受け止められないほうがよろしいかと存じますぞ」

源助に言われて、納得した胤舜は、左近には会わないことにしたのだ。

胤舜は源助を供にして朝から大沢池に花材を取りに行った。

昼過ぎになって椎葉左近は大覚寺に姿を見せた。門前まで駕籠できた左近は悠然と降りると、あたりを見まわして、

「懐かしいな」

とつぶやいた。贅沢な羽織袴姿で三十七、八歳の聡明そうな顔をした男である。

左近は小僧に案内されるまま、奥へと上がった。

広甫は一室で待ち受けていた。敷居近くで待っていた広甫は左近の顔を見るなり、

「椎葉左近様とはあなた様でございましたか」

と声を低めて言った。

「さよう、そなたとは京都所司代屋敷にいたころ以来になるな」

左近は微笑を浮かべてさりげなく言った。

広甫は愕然とした。

左近はかつて広甫が一度だけ京都所司代屋敷で拝謁したことがある水野忠邦だったからだ。椎葉左近とは水野忠邦が忍びで町に出る時の名なのだろう。

西ノ丸老中である忠邦が京に来ることは難しい。

そのため椎葉左近の名を用いることにしたのではないか。だとすると、いまは水野家家臣の椎葉左近として接するしかない、と広甫は自分に言い聞かせた。

座敷に入った左近は床の間に目を止めた。

白磁の壺に杜若《かきつばた》が活けられている。葉がすらりとのびて上に向かい、濃紺の花弁があでやかな彩を床の間に与えていた。

左近は座りつつ、

「やはりいまの季節は杜若か」

とつぶやくように言った。

「さようでございます。新緑は美しゅうございますが、新緑の枝物は水気が多く、活花には使い難いものでございますゆえ、どうしても菖蒲《あやめ》か杜若になってしまいます」

「なるほど、だが、それならば菖蒲でよいはずだが、杜若にしたのは、なんぞ託すところがあってのことか」

左近は面白げに訊いた。

「さて、どうでございましょうか」

広甫が首をひねると、左近は皮肉な笑みを浮かべた。

「わたしは床の間の杜若を見てすぐに在原業平《ありわらのなりひら》の故事を思い浮かべたぞ」

在原業平とは平安時代の歌人で六歌仙のひとりとされる。平城《へいぜい》天皇の皇子阿保《あぼ》親王の子で在原朝臣《あそん》の姓《ほうしょう》を賜う。『日本三代実録』に、

――体貌閑麗、放縦不拘
と伝えられたように美男であり、放蕩者でもあった。

その逸話は『伊勢物語』に伝えられているが、恋の話が絶えることがなかった。

惟喬《これたか》親王と親しみ、あるいは惟喬親王の妹恬子《やすこ》内親王と思われる伊勢斎宮と夢の一夜を過ごしたなどの伝説に彩られている。

『伊勢物語』によると、

――昔、男ありけり

として在原業平らしい人物が、自分を世の中に無用なものだ、と思い込んで東国へ旅に出る〈東下り〉が描かれている。

旅を重ね、三河の八橋《やつはし》という所に着いた。八橋とは、川が蜘蛛の脚のように八方に分かれて、橋を八つ渡してあることからついた名だという。

沢の杜若がとてもきれいに咲いていた。それを見た業平らしい男は、かきつばたの五文字を各句の頭に置いて、旅の心情を詠んだ。

唐衣きつつ馴《なれ》にしつましあればはるばる来ぬる旅をしぞ思ふ

着て馴れ親しんだ唐衣のような妻が都に居るものだから、はるばるこんなに遠くまで来てしまった旅を悲しく思う、という意だ。

「なるほど、杜若を見れば、都に残した奥方様を思い起こされますのでしょうか」

広甫が言うと、左近はつめたく笑った。

「わたしは在原業平とは違う。さように惰弱《だじやく》ではない」

広甫はうなずいた。

「さようでございましょうな。しかし、『伊勢物語』はかきつばたの歌だけがあるのではございません。かような歌もございます」

広甫は歌を詠じた。

名にしおはばいざこと問はむ都鳥わが思ふ人はありやなしやと

『伊勢物語』の主人公の男は武蔵の国と下総の国との間の隅田川にさしかかったとき、渡し舟に乗ろうとして、川面を飛ぶ、鴫《しぎ》ぐらいの大きさの鳥を見かける。船頭に何という鳥なのか、と訊くと、

——都鳥

だという。その名を聞いて男は、都という名を持っている鳥にわたしがいとおしんだ女人はいまも京の都で生きているのかいないのか訊いてみたいという思いを歌に託した。

左近はふっと笑みをもらして、

「わが思うひとはありやなしや、か」

とつぶやいた。広甫は左近を見つめた。

「此度《こたび》、お忍びにて京まで参られましたのは、萩尾様の身を気遣われてのことでございますか」

「そうだ。萩尾は重篤の病だそうだ。助からぬものなら、せめてわたしが看取ってやりたい。今日は萩尾の居場所を教えてもらうためにきたのだ」

左近は淡々と言った。広甫は眉をひそめた。

「酷《むご》いことを仰せになります」

不思議そうに左近は広甫を見た。

「萩尾を看取ることを酷いというのか」

「さようではございません。萩尾様はわが子の胤舜の身の上を案じ、病の身を押して京に留まられました。おそらく最もお喜びになられるのは、あなた様が胤舜と対面なされることでございましょう」

「それはできぬ」

左近はにべもなく答えた。広甫は膝を乗り出した。

「なぜにございますか」

「わたしは、あの子を捨てたのだ。いまさらわたしに会いたいなどとは思っておらぬであろう」

表情を変えずに左近は言った。

「さようなことはございませぬ。胤舜は母上のことを思い、日々、案じております。それは、あなた様に対しても同様でございましょう」

「さようなことはあるまい。胤舜がさほどに萩尾を慕っておるならば、母親であるからだ。父であるわたしに会いたいなどとは思わぬものだ」

困惑したように広甫は頭を振った。

「なぜ、さようなことを仰せになりますのか。ひとの情がおありならば、思っても口にされますまい。拙僧にはわかりませぬ」

左近は頰をゆるめた。

「なぜかと言えばわたしがそうだったからだ」

「あなた様も？」

広甫は左近を見つめた。

左近は中庭に目を遣りながら言った。

「わたしの母は、恂《じゅん》という名だったが、商人の娘で水野家に女中として仕え、やがて側室となったひとだ。正室ではないゆえ、屋敷でも常にひっそりとしておられたが、兄が病没してわたしが家督を継いだ時、大名家の定めで身を引いて実家に戻られた。以来、わたしは母上にはお会いしたいと念じてきたが、父上のことはさほどではなかった。ひとはそのようなものではないのか」

左近はひややかに言ってのけた。

水野忠邦の母は江戸、京橋鈴木町で大坂屋という菓子舗を営んでいた小倉喜右衛門の姪だったが、養女となった恂である。

行儀見習いのため、唐津藩主水野忠光の江戸屋敷に奉公に出た。ところが忠光の手がついて側室となり、やがて忠邦を産んだのである。

だが、恂は間もなく宿下がりをして実家に戻り、二代目喜右衛門を夫に迎えた。その後、忠邦は母と会わなかった。

「わたしは母と会いたいと永年、思ってきた。あるいは奏者番となり、大坂城代、京都所司代とお役を務めて登ってきたのも、江戸に出て母に会うためであったかもしれぬな」

左近がぽつりと言うと、広甫は頭を横に振った。

「さようなお心持ちもおありになったかもしれませんが、そのままには受け取りかねます。あなた様は根っから政《まつりごと》に野心がおありだったのではございませんでしょうか。それゆえ、青雲の階《きざはし》を登られたというのが、まことではないかと存じます」

左近は笑った。

「そう言われてみれば、身も蓋もないな。しかし、わたしが萩尾を連れ戻そうとしているのはまことのことじゃ。さすれば、わたしにも人なみに温かな血が流れていたのだと思わぬか」

「さて――」

広甫は即答を避けた。左近の狙いが何なのか、よくわからない間はうかつなことは言えない、と思っていた。

やや、しばらくして、左近がふたたび口を開いた。

「ともあれ、わたしは萩尾に会わねばならぬ。どこで養生いたしておるか。そなたは知っておろう。教えぬか」

左近の目が光った。

広甫は左近の目を見返した。

「わたしも萩尾様がおられる場所をはっきりとは知りません。ただ、青紅葉《あおもみじ》の寺とだけ聞いております」

「青紅葉の寺――」

左近は首をかしげた。

「さようでございます。お調べになられればいずれおわかりになると存じます」

「なぜ、それだけしか教えぬのだ」

左近は押し殺した声で訊いた。広甫は目を伏せた。

「なにやら、不吉な思いが湧くからでございます」

「ほう、不吉な思いだと」

左近は目を細めて広甫を見つめた。

広甫は胸の裡を悟らせないためなのか、目を伏せたまま答える。

「はい、いかにお忍びとは言え、お名を明かされず、偽りの名で押し通そうとされるのは、何事かをなさりたいからではございますまいか」

「わたしが何をするというのだ」

片方の眉をあげて左近は問うた。

「萩尾様がこのまま江戸に戻られず旅先で亡くなられますと、そのことがいずれ世間に漏れ、唐津から浜松へ転封される際、家臣の方が諫死され、その恨みがいまも残っているという噂が広まりましょう。それゆえ、何としても萩尾様を連れ戻さねばならぬのですが、もし萩尾様が応じられぬ時は――」

広甫はようやく目をあげて左近を見た。

「わたしが世間の噂を恐れて、萩尾を斬るとでもいうのか」

「わかりませぬ。ただ、わたしにはあなた様が何か恐ろしきことをお考えのような気がしてなりませぬ。さもなくば京まで出ておいでにはなりますまい」

左近は、はっは、と笑うと立ち上がった。

「青紅葉の寺か――」

左近はつぶやくように言うと座敷を出ていった。

広甫は遠ざかる足音をじっと聞いていた。

二

椎葉左近が去った後、広甫は隣室にいた立甫と祐甫、楼甫をかたわらに呼び寄せた。

「いまの話を聞いたであろう。容易ならぬことになった」

三人は緊張した顔でうなずく。

「あの方が何を考えておられるのか、わたしにはわからぬ。だが、政のためには情を捨ててかかられる方ゆえ、わたしたちが及びもつかぬことを考えておられるやもしれぬ」

立甫が膝を乗り出して訊いた。

「胤舜の母上は、まことに青紅葉の寺におられるのでございますか」

「そのはずじゃ。先日、蓮月尼殿からの便りにはそうあった」

祐甫は考え込んでから口を開いた。

「しかし、水野様は京都所司代を務めておられたはず、青紅葉の寺がどこかすぐに突き止められるのではありませぬか」

広甫はうなずいた。

「そのことだ。どうするかは胤舜が決めるしかあるまい」

広甫の言葉を聞いて楼甫が大沢池にいるはずの胤舜を迎えに行った。

広甫たちが、なおも話していると、楼甫に連れられて胤舜が戻ってきた。源助が花を入れた籠を背負って供をしている。

道々、楼甫から話を聞かされていた胤舜は座敷に入るなり、

「椎葉左近様とはお忍びの父上だったとは、まことでございますか」

と目を輝かせて訊いた。

広甫は痛ましげに胤舜を見た。

「まことだ。しかし、父上はそなたに会いにこられたわけではない」

「なぜでございましょう。母上を迎えに来られたのなら、わたしにも会おうとされるのではありますまいか」

胤舜はこれまで、父である忠邦の心を疑ってきた。だが、いざ、父が身近なところに

来ていると知ると、やはり肉親の情が昂ぶるようだった。

広甫は冷静な目を胤舜に向けた。

「父上が見えられたことを喜ぶ気持はわかるが、父上が政のひとであることは忘れてはならぬぞ」

胤舜は冷や水を浴びせられたように顔を強張らせた。

「それはいかなることでございましょうか」

「そなたの父上は政のために非情であろうと覚悟を定めたおひとだ。江戸に戻ってこられぬ萩尾様を迎えに来たのにはそれなりのわけがあろう」

広甫の言葉を聞いて胤舜は目を閉じて考え込んだ。しばらくして瞼をあげた胤舜は悲しげに、

「父上にとって、母上とわたしは邪魔なのかもしれません」

「それが、父上の心だと思ってはならん。ひとはおのれの信じる使命のためには、肉親の情を捨てることもあるのだからな」

広甫は諭すように言った。

胤舜は肩を落として、考えていたが、何事かに思い当たったらしく、不意に目を見開いた。

「わたしがしなければならないのは、父上から母上を守ることなのでしょうか」

広甫はじっと胤舜を見つめた。

「あるいはそうかもしれぬ。そなたが、自分で決めねばならぬことだ」

胤舜はうつむいて苦しげに考え込んでいたが、やがて顔をあげ、口を開いた。

「わかりました。わたしは母上を守ろうと存じます。いかがいたしたらよろしいのでしょうか」

「それは、そなたが考えるしかない。ただ、われらにできるのは花を活けることだけだ。そなたは母上を守る花を活けよ」

広甫に言われて胤舜は緊張した面持ちでうなずいた。その時、広縁に控えていた源助が大声で訊いた。

「ところで、萩尾様がおられるという、青紅葉の寺とはどこの寺のことでございましょうか」

胤舜が微笑して源助を振り向いた。

「青紅葉の寺ならば、お師匠様に訊かずともわかっています」

「胤舜様はご存じなのでございますね」

源助は嬉しげに言った。

胤舜はうなずいて、寺の名を口にした。

「祇王寺《ぎおうじ》です」

おお、と思わず源助は声を発した。

祇王寺は庭に見事な苔が緑をなしており、いまの季節ならば紅葉は瑞々しい青紅葉である。緑濃い時期の清々しい美しさは広く知られていた。

祇王寺は、奥嵯峨にある尼寺である。

山号は高松山と称する。もとは法然上人の門弟良鎮によって創始された往生院という寺だった。

平清盛の寵愛を受けた白拍子の祇王が、母や妹とともに庵を結んだことにより、祇王寺と呼ばれるようになったと言われる。

祇王の話は『平家物語』によって伝えられている。

平安時代、水干、立烏帽子、白鞘巻姿の男装で、当時の流行歌である〈今様〉を歌いながら舞った遊女を、白拍子と呼んだ。

祇王は近江国野洲《やす》郡中北村の出身で父は橘時長という武士だった。しかし、〈保元の乱〉で橘時長は戦死したと伝えられる。

このため、祇王は京で白拍子となって母や妹を養ったという。やがて祇王は、美貌と華麗な舞姿で評判となった。

祇王の噂は平清盛の耳にも入った。

清盛は祇王を呼び寄せ、舞を披露させた。その見事な舞と祇王の美しさに魅入られた清盛は祇王を西八条殿に住まわせ、祇王の母や妹の面倒までみるほど寵愛した。

ところがそこに、

――仏御前

という加賀国の十六歳の白拍子が現れる。

仏御前は自らの舞に自信を持っており、清盛に舞を見せたいと願い出た。清盛は、

「祇王がいるのだから、他の白拍子などは見ぬ。さっさと帰れ」

と門前払いしようとした。このことを聞いた祇王ははるばる遠いところから来た仏御前を見かねて清盛を説得する。

清盛は気のりのしないまま、仏御前の舞を見る。

ところが、清盛は若い仏御前の見事な歌と舞に瞬く間に心を奪われた。そして、祇王を西八条殿から追い出し、仏御前を寵愛するようになった。

このため仏御前は西八条殿に入ったものの、祇王に申し訳なく思って鬱々《うつうつ》とした思いでいると、清盛は残酷にも祇王を呼び寄せて、仏御前のために歌わせた。

祇王は青ざめながらも、

仏もむかしは凡夫なり
我等も終《つい》には仏なり
いづれも仏性具せる身を
へだつるのみこそ悲しけれ

と歌った。

その様を見たひとびとは皆、泣いたという。

祇王はこの屈辱にたえかねて自害を考えるが、母親の説得で思いとどまり、世を捨てて仏門に入った。

後に祇王寺と呼ばれる寺のそばに草庵を結んだ祇王は母と妹とともに念仏三昧の日々を過ごした。

やがてこの草庵に世をはかなんで剃髪した仏御前もやってきて仏道に励み、静かな日々を過ごしたという。

そんな祇王寺に萩尾が身を寄せているとすれば、やはり何かの因縁なのかもしれない。

胤舜は広甫に顔を向けた。

「わたしは祇王寺にてどのような花を活ければよろしいのでしょうか」

胤舜に問われて、広甫は口を開いた。

「自らの心の赴く所に向けて活けるのは、いつも通りのことであろう。されど、祇王寺で活けるからには、祇王の霊を慰める花であることも求められるやもしれんな」

胤舜は黙って考えてから言った。

「わたしの心のままにということでしたら、幼き日よりのさまざまなことが思い出されます。嬉しきこともあり、哀しきこともあって様々でございます。活ける花もいろいろに考えられますが、しかし、祇王の霊を慰める花ということになればどういうことになるのでしょうか」

「それは、わたしにもわからない。ただ、その花こそがそなたの母上の心を慰め、父上を諫めることにもなる花ではないのかな」

広甫に言われて胤舜は考えこむのだった。祇王は仏門に入ったことではたして救われたのだろうか、と胤舜は思った。

世の中のしがらみを超え、自らの心を裏切らない生き方ができるようになったということでは、救われたと言ってもいいのかもしれない。だが、それは心の底から望んだ生き方であったのか。

仏門に入り、現世との関わりを断つのは、すべてをあきらめたからであり、望みを失ったからだとも言える。

何事かを望んで生きるのは、業苦にも似ているが、本来、ひとはそのようにして生きるのではないだろうか。

胤舜は考えに沈み、ため息をついた。

三

翌日、昼過ぎになって、椎葉左近が青々とした竹林の間の道を抜けて祇王寺の小さな門の前に立った。供の七人の家臣たちに向かって、

「わたしひとりで入る。そなたたちは誰か出ていかぬかを見張るように」

と言いつけて左近は門をくぐった。

苔むした庭が続き、立っているだけで緑に染まりそうな気がする。祇王寺は寺というよりも草庵である。庭先の障子が立てられて中に誰がいるのかはわからない。

「どなたかおられるか」

と訪いの声をあげた。その声に応じて、庭から寺男が出てきた。

源助だった。左近は、源助をじろりと見て、

「ここに萩尾という女人がいると聞いてうかがった。会わせていただけまいか」

と告げた。源助は地面に平伏して、

「こちらでございます」

と言った。左近は源助に示されて、草庵の縁側に座った。

障子は立てられたままだ。

「どういうことだ。わたしには会わぬということなのか」

左近が言うと、源助は庭の地面に片膝をついて答えた。

「萩尾様はただいま風邪を召されておられます。夏風邪ゆえ、こじらせると恐うございますので、障子越にお話をお聞きしたいとのことでございました」

左近は苦笑した。

「それはまた、嫌われたものだな。だが、それもまた、一興であろう。わたしも障子越のほうが話がしやすい」

左近はそう言って、縁側に座ると、緑濃い庭に目を遣りながら話し始めた。

わたしは十四歳で元服いたし、十九歳で父の後を継いで肥前唐津藩主となった。もともとは兄がいて、藩主になれるはずではなかった。

ところが長男の芳丸兄上が病で急逝して藩主の座が転がり込んできた、というわけだ。わたしは生母が町人の娘であったゆえ、あるいは部屋住みのままずごし、三十過ぎてからどこかで宛がいの知行所をもらうことになるのであろう、と思っておった。

それだけに藩主となった気負いがあった。

まず、父の時代には直言が過ぎて失脚していた家老の二本松義廉《よしかど》を復帰させた。そして、質素倹約や綱紀粛正などを二本松に行わせた。

わたし自身も率先して倹約に努めた。およそ、名君と呼ばれるにふさわしいことはすべてやった。

二本松はそんなわたしを度々、褒めた。そのころのわたしはたしかに名君と呼ばれるにふさわしかっただろう。

だが、わたしには胸に秘めた野心があった。ひとつには、母が町人の出だということで、ひそかにわたしを軽んじてきた家臣たちを見返してやりたかった。

そのためには名君であることだけでは駄目だと思っていた。

幕府の老中になりたかった。もともと水野家は譜代大名で、老中も何人か輩出しているから、分不相応ではなかった。

わたしは文化十二年（一八一五）、奏者番になった。

奏者番は幕閣への登竜門だ。大名や旗本が将軍家に謁見する際に取り次ぐ役職であり、出世を望む譜代大名は、ここから上を目指すのだ。

唐津藩は長崎警固の任にあたっていたが、このお役目には見返りがあった。長崎の出島を通して行われる貿易の利益が莫大だった。さらに唐津藩の表高は六万石だったが、内高は二十万石を超えて内福だった。

わたしはこの金を使って幕閣への運動を始めた。まず近づいたのは、同じ水野一族で将軍家の側用人を務めていた水野忠成《ただあきら》様だった。

忠成様は旗本岡野知暁殿の次男だったが、その才を見込まれて沼津藩主水野忠友殿の養子となったひとだ。

それだけに世故に長け、わたしの気持もよくわかってくれた。年も五十過ぎで、人柄も円熟していた。忠成様はわたしを自分の手駒として使うつもりもあったのだろう。わたしの出世のために力を尽くしてくれた。

だが、唐津藩が長崎警固を担当していることが、仇になった。長崎警固をしている大名は譜代であっても老中にはなれない、という決まりがあったのだ。

わたしは意気消沈したが、忠成様が耳よりな話を持ってきてくださった。遠州浜松藩の藩主井上河内守正甫《まさもと》が事件を起こしたというのだ。

文化十三年九月に井上正甫は、内藤新宿にある信濃高遠藩内藤家の下屋敷に招かれた。正甫は下屋敷に隣接する広大な原野で小鳥狩りを楽しんだが、道に迷い、農家の前に出た。

正甫はひと休みしようと、農家に声をかけた。すると、家には女房ひとりだけがいた。酒も入っていた正甫は女房を手籠めにしようとした。

ちょうどその時、女房の亭主が帰ってきた。女房にのしかかろうとしている正甫に向かって、

「ひとの女房に何をする」

と怒鳴りつけ、天秤棒でなぐりかかった。正甫はこれに驚き、逆上して、

「無礼者——」

と叫びざま脇差を抜いて斬りつけ亭主の腕に怪我を負わせた。

ちょうど、その時、正甫の家来たちが駆けつけて正甫をなだめたが、そうでなければ亭主を斬殺していただろう。

この話は噂となり、江戸市中に、そして江戸城内にまで広がり、正甫は他の大名の足軽から、

「密通大名——」

などと野次を飛ばされた。

幕閣の知るところともなり、正甫は奥州棚倉へ移封されることになった。

忠成様は、好機とみて、わたしに、正甫が動くことになった浜松への移封を申し出てはどうかと言われた。

「唐津藩ではいつまでたっても老中になれぬぞ。浜松藩に移りさえすれば、すぐにでも老中になれる」

と言われた。わたしは考えた末に忠成様に転封を受けると告げた。そのうえで家臣たちに諮《はか》った。

だが、家臣たちは、猛反対だった。中でも家老の二本松義廉は、

「なぜ、豊かな唐津藩を捨て、浜松に行かなければならないのでござるか」

と口角泡を飛ばす勢いで反対の意見を述べた。

わたしには二本松の腹の裡はわかっていた。本来、二本松はわたしの父に藩政の場から追放された男だった。

それなのに、わたしが用いたことによって藩政改革の実をあげることができた。二本松はその功が無になることを恐れたのだ。

それゆえ、何としても唐津に留まるよう、わたしを説得しようとした。しかし、それは二本松とわたしの器の違いだったとしか言いようがない。

二本松にとっては唐津藩の改革が精々のところだったが、わたしは天下の経綸を行う才があると思っていた。

その才を何としても振るってみたかった。

わたしには唐津藩が小さすぎたのだ。しかし、そのことを二本松始め家臣たちはわかろうとはせずに、反対だと言うばかりだった。業を煮やしたわたしは忠成様の言われた通り、浜松への転封を願い出た。忠成様が動いて、移封のことはすぐに決まった。

すると二本松は腹を切って自害した。あたかもわたしが悪政を行ったので諫死したかのようだ。しかし、わたしは悪政を行ったわけではない。

唐津藩から浜松藩に移ったこともいささかも後悔はしておらんぞ。幕府の老中となって経綸の才を振るいたいと願うのは天下万民のためであり、将軍家への忠義のためではないか。

二本松はわが藩のことだけを考えて、わたしを押し止めようとした。それは忠義ではない。おのれの利のあるところについたまでではないか。

だが、ひとは皆、おのれの利を守ろうとする。わたしは将来、幕政の改革を行いたいと思っているが、おそらくおのれの利を守ろうとする者たちとの戦いになろう。

それがわたしの進まねばならぬ道なのだ。

話し終えた左近は障子に目を遣った。

「そこにいるのは萩尾ではあるまい。胤舜であろう。いまの話はそなたに聞かせるつもりで話したのだ」

左近が呼びかけると、中から障子がすーっと開いた。畳の上で小柄な僧侶が平伏している。

「そなたが胤舜か」

左近が声をかけると、胤舜は顔をあげた。

「さようにございます。胤舜と申します」

怜悧《れいり》な目を左近に向けて、胤舜は名のった。

左近は厳しい目で胤舜を見据えた。

「どうやら萩尾はここにいないようだな。そなたが逃がしたのか」

「さようではございません。わたしが今朝方、来たときには、すでに母上はおられませんでした。おそらく昨日のうちにわたしの師である不濁斎広甫から報せがあって、立ち退いたのではありますまいか」

胤舜は落ち着いて言った。

「なるほど、それほどまでにわたしと会いたくはなかったということか」

左近は苦笑いした。

胤舜はそんな左近を見つめて言葉を継いだ。

「あなた様が母上を思い通りにされようとするからではありますまいか」

胤舜が父上とは言わずに、あなた様と他人行儀に呼ぶのを聞いて、左近はかすかに眉をひそめた。

「わたしはただ、萩尾を看取りたかっただけだ」

「それは、西ノ丸老中、水野忠邦様の体面に傷がつかぬように母上を逝かせたいということだったのではございませんか」

胤舜の言葉に鋭さが加わった。

左近はゆっくりと立ち上がった。

「もはや、話をいたしても無駄なようだな」

左近が庭に下りようとすると、胤舜は声をかけた。

「お待ちください」

「何だ。わたしとそなたでこれ以上、話すことがあるというのか」

「話ではございません。見ていただきたいものがあるのでございます」

胤舜はそう言いながら、体を少し横にずらした。

左近は座敷の中を覗き込んだ。

床の間に花器が置かれ、何かが活けられている。

左近は縁側から座敷に入ると、床の間の前に行って座った。

「これはそなたが活けたのか」

「さようにございます」

胤舜は左近のかたわらに控えて答えた。左近はううむ、とうなりながら床の間を見つめた。

青磁の壺に青紅葉の一枝だけが活けられている。

薄暗い草庵の中で、そこだけ、清涼な風が吹いているかのように見えた。

左近が薄く笑った。

「青紅葉だけを活けるとは、まるで判じ物のようだな」

胤舜は淡々と答える。

「わが師から、母上を守るための花を活けよと言われました。さらに祇王寺にて活けるからには祇王の霊を慰める活花でなければならないとも」

「この青紅葉がそうだというのか」

左近はちらりと胤舜を見た。胤舜はうなずいて答える。

「祇王の霊を慰める花がこれなのかどうかいまもわかりません。あるいは、これからの季節なら霊を慰める花なら、蓮の花ということになるやもしれません。あるいは祇王は極楽浄土で蓮の花の上に生まれ変わりたいと思ったかもしれないからです。しかし――」

胤舜は少し考えながら言葉を飲み込んだ。左近が青紅葉を見つめながら、

「しかし、どうだ、というのだ」

と助け船を出すように声をかけた。

胤舜はわずかに頭を下げてから、

「祇王は生きたかったのではないかと思いました」

「ほう、仏に帰依することでは心が満たされなかったとでも言うのか」

「いえ、さようなわけではございません。祇王はこの寺に参ってから心静かに暮らすことができたかと存じます」

「それだけではなかったはずだ、と言いたいのか」

左近はなおも青紅葉を見つめ続ける。

「さようです。祇王は今様と踊りの名手でございました。歌や踊りは生きる喜びがあってこそのものだと存じます。そうであるなら自らを歌や踊りに託すひとは生きる喜びを知っているひとなのだと思います」

胤舜は考えながら言った。

「それゆえ、祇王はもっと世の中で生きたかったのではないか、とそなたは言いたいのであろうな」

「さようでございます。それゆえ、まだ青々として生きる力に満ちた青紅葉を活けてみたのでございます」

胤舜は言い終えて悲しげに青紅葉を見つめた。

左近はため息をついた。

「祇王の心持ちはそなたの母の心でもあると言いたいのか」

「さようです。母上はもっと生きたいと望んでおられると思います。どうかそっとしておいてくださる様、お願い申し上げます」

胤舜は手をつかえて頭を下げた。

「そなたは思い違いをしている」

左近は静かに言った。

「何を思い違いしているのでございましょうか」

訝しそうに胤舜は訊いた。

「そなたは、わたしが体面が傷つくのを恐れ、場合によっては萩尾の命を取ろうとしていると思っているのであろう」

胤舜は答えない。

父が母を殺《あや》めようとしているなど、あまりに無惨なことである。自分の父母にそんなことがあり得るなどとは信じたくなかった。

「わたしもそなたと同じなのだ」

左近はぽつりと言った。

「同じとはどういうことなのでしょう」

胤舜が膝を乗り出すと、左近はいままでのひとを威圧するかのような鋭さを身の内から消して、

「萩尾に生きていて欲しいと心から願っておる」

とつぶやくように言った。

「まことでございますか」

胤舜の目に涙が滲んだ。

「まことだ」

左近は一瞬、目を閉じて答えた。

だが、胤舜がすがろうとすると、左近は立ち上がった。

「いつか、そなたにも父の心がわかる日が来るであろう。その日まではわたしは椎葉左近でいなければならぬのだ」

左近は言い残して縁側に出ると、すでに源助が沓脱石《くつぬぎいし》の上に雪駄をそろえている。

左近は雪駄を履くと、振り返らずに、

「さらばじゃ、達者で暮らせ」

と言って歩き出した。

胤舜は新緑に溶け込むように去っていく父の姿をじっと見送った。

鳥の鳴き声が聞こえてきた。

朝顔草紙

一

早朝、嵯峨野の広沢池のそばに胤舜は佇んでいた。

花材を探しに来たのだが、一緒に来た源助がやぶの中に鉈《なた》を落としてしまい、拾いにいっていた。

白い霧が出ていた。池の水面も白く霞んでいる。胤舜は何となく、この池が水盤であったなら、どのような花を活けるだろうか、と考えた。

霧に覆われ、白色しか見えない池に映えるとしたら、赤い花であろうか。

いや、青い花のほうが清雅ではないか。

まさか、池を覆うほどの大きな花はないから、普通の水盤でのことだが、清々しい花を活けてみたいと思ったのは、先日、椎葉左近と名のって京に忍びで来た父親、西ノ丸老中、水野忠邦に会ったからかもしれない。

忠邦は情の無いひとではなかったが、何よりも自らが行おうとする政《まつりごと》を大切にするひとだった。

あるいは、そのように見せつつ、胸の奥に断腸の思いを抱えているのかもしれない。しかし、たとえそうであったとしても、いとしいと思う相手にはおのれの心を見せるべきではないのか。白霧の中にくっきりと色鮮やかな花が立つように。

胤舜は池に向かいながら、幻の花を見ていた。すると、背後から足音が聞こえてきた。源助だと思って振り向くと、二十歳ぐらいの若い男だった。烏帽子をかぶり、狩衣姿で手に蝙蝠扇《かわほりおうぎ》を持っている。

公家は白粉を塗って眉を描き、化粧していることが多いが、この若者は素のままのようだ。それでも肌は抜けるように白く、黒々とした眼が涼しげで唇が赤い口元は引き締まっている。

若者は胤舜を見て、

「御坊はこのあたりのおひとか」

と訊いた。

「大覚寺の花務職、不濁斎広甫の弟子にて胤舜と申します」

「そうか、広甫殿のお弟子か。ほな活花をされるのやな」

若者はにこりとして問うた。広甫を知っているが、胤舜が名を告げても名乗らないのは公家が持つ自然な権高さなのだろう。それでも胤舜が黙って視線を注いでいるのに気

がさしたのか、

「まろは押小路《おしこうじ》の雅秀《まさひで》や。広甫殿にはそう言うてもろうたらわかる」

「押小路様は絵をお描きになられるのでしょうか」

と胤舜は訊いた。

「ああ、これか」

雅秀の懐から携帯用の画帳と筆がのぞいていた。

「今時の公家は内職なしでは生きてゆけん。まろは絵を金子《きんす》に替えておるのや。そやから、野原で花を描き写すこともある」

押小路家は、武官の羽林家《うりんけ》の家格を有する公家である。家名は、居住地からとったもので、家禄百三十石ほどだ。

京の商家や町衆の間では、公家は貧乏と相場が決まっている。それだけに内職で大名衆や江戸の商家の嫁入り道具となる源氏絵や、伊勢物語の臨書などをする公家は多い。

和歌、茶、香道、活花などの宗匠として収入を得ている公家も多く、絵もまたそのひとつだ。

しかし、古《いにしえ》からの絵は〈粉本《ふんぽん》〉と呼ばれる手本があって、それを摸して描くものだ。自ら野外に出て実際の風景や草花を写して描く絵師は珍しい。

それでも写生を行った絵師と言えば円山応挙があげられる。読本作家の上田秋成は随筆で、

――絵は応挙が世に出て、写生といふ事のはやり出て、京中の絵が皆一手になつた事じや

と書いている。雅秀は広沢池まで写生に出かけてきたのだろう。

「えらい、霧が深いなあ」

雅秀は広沢池を見ながら言った。

「さようでございますね」

胤舜が相槌を打つと雅秀は、

「まるで人の世、そのものやと思わんか」

と謎をかけるように言った。

「わたしには、まだ、さようなことはわかりません」

「そうか、若いからわからんいうんか。そうかもしれんけど、おのれのこの世での在り様を思うたら、たとえ若うても身に染むことがあるのやないか」

言われてみれば、母と別れ、大覚寺で過ごす日々はただひたすら霧の中を歩むかのようだった。その心細さゆえに、花を活けて、そのあでやかな彩を心の支えとしてきたのではないか。

父と出会い、やや霧が薄れた気がしたが、それも霧の向こうにうっすらと風景が影の

ように浮かびあがるだけだ。

（まだ、霧が晴れたわけではないのだ）

胤舜が考え込んでいると、雅秀が、ふと思いついたように、

「そなたやったら、この霧の池にどんな花を活けるのや」

と訊いた。

胤舜ははっとした。それは、先ほどまで胤舜が考えていたことだった。このひとは人の心が読めるのだろうか、と思いつつ、

「青い花を活けたいと存じました」

「ほう、青い花な。青い花ゆうたら、桔梗か竜胆《りんどう》か、それとも紫陽花《あじさい》やろうか——」

雅秀は考え込んだが、ふと思いついたように、

「まろやったら朝顔を活けるな」

と言った。

「朝顔でございますか」

胤舜は目を瞠《みは》った。

「そうや、そなたが日頃、目にしてる朝顔や。とゆうても、奈良に都があったころは、朝顔はいろんな花の名やったそうやが」

奈良時代には『朝顔』と呼ばれる花が複数あった、と雅秀は話した。『万葉集』には、朝顔を詠んだ歌がいくつかある。その中の一首を雅秀は詠じた。

朝顔は朝露負ひて咲くといへど夕影にこそ咲きまさりけれ

「朝顔は朝露を浴びて咲くが、夕方の薄暗い光の中でこそ鮮やかに見える、ゆう歌なのやが、この和歌の朝顔は桔梗やないかと思う。普通の朝顔は朝こそきれいやけど、夕方にはしおれてしまうさかいにな。古には朝に咲く花はみんな朝顔と呼んだのやろうな」

と雅秀は言った。

「槿《むくげ》もさような花だと聞いております」

胤舜は控えめに言葉を添えた。雅秀はにこりとして、

「白楽天の『放言』という詩に槿が詠われてるのを知ってるか」

と言って詩を口遊《くちずさ》んだ。

泰山は毫末《ごうまつ》を欺くを要せず
顔子は老彭《ろうほう》を羨む心無し
松樹千年終《つい》に是れ朽ち
槿花《きんか》一日自ら栄を為す
何ぞ須《もち》ゐむ世を恋《した》ひ常に死を憂ふるを
亦た身を嫌ひて漫《みだり》に生を厭ふこと莫《なか》れ

生去死来、都《すべ》て是れ幻
幻人の哀楽、何の情にか繫《か》けむ

雄大な泰山は、自らを些細なことでも偽らない。孔子の俊秀な弟子であった顔回は天折したけれど、八百歳の生を保ったという彭祖《ほうそ》を羨まない。松の寿命は千年というが、いつかは朽ち果てる。

槿の花はただ一日の命だが、その命を立派に花咲かせて全うする。どうして、いつも生きることに恋々として、死を怖れなければならないことがあろうか。いたずらにわが身を無用なものと思って、生きていることを厭うことはない。生も死も、すべては幻にすぎない。

幻に生き、幻に死ぬ人間にとって、喜びや悲しみはいかなる心に繫がるというのか、という詩だと雅秀は言った。さらに、雅秀は話を継いだ。

「この詩から、槿花一朝の夢などと申して、栄耀栄華も一日で終わるはかないものだ、と言うようになったそうや。けど、この詩では、すべてのものは幻や、一日で滅びようと千年続こうと同《おんな》じことや、そう言うておるのや」

「さようでございますか」

胤舜は霧に包まれたこの場所が、あたかも幻、そのものであるかのように感じながら応えた。

雅秀は意味ありげにじっと胤舜を見つめたが、ふと話柄を変えた。

「江戸では朝顔作りがえらい盛んなそうや」

いまから二十五年前の文化三年（一八〇六）、江戸では、

――丙寅《ひのえとら》の大火
と呼ばれる大火が起きた。

芝、車町の材木屋付近から出火し、おりからの激しい南風にあおられて燃え広がり、京橋、日本橋のほとんどを焼きつくし、神田、浅草まで燃え広がった。

江戸の下町五百三十町を焼き、死者約千二百人におよぶ大火となった。別名〈車町火事〉、〈牛町火事〉とも呼ばれる。〈振袖火事〉と呼ばれる明暦の大火、出火もとの地名から〈目黒行人坂大火〉とされた明和の大火とともに江戸の三大火事だった。

この火事により、下谷に大きな空き地ができた。このため、植木職人たちが品種改良した朝顔を栽培し、人々の注目を集めた。

自ら、〈朝顔師〉と名乗る植木職人も出て品種改良に没頭し、朝顔の品評会、「花合わせ会」なども開かれるようになるなど、思わぬ流行となった。

「ほんでな、京の朝顔を描いた絵草紙を作りたい、ゆうて板元《はんもと》がまろに話を持ち込んできたのや」

「それで、写生をなさっていたのですね」

「そういうことやけど、朝顔の美しさはどこにあるのやろうか、と考えてしまうのや。

朝だけでしおれてしまうはかなさやろうか、そやのうて一度きりでも咲いて輝くいのちの漲《みなぎ》りやろうか、となそなたは不濁斎広甫殿のお弟子なんやから、花を活けるのやろう。朝顔を活けるんやったら、どないな気持で活けるのや」

雅秀に問われて、胤舜は考えた。

いのちのはかなさと輝きの、いずれを朝顔に感じとるかはひとそれぞれだろう。だが、朝顔が、朝に咲く花として、いのちの刻と深く結び付いているのは確かなことだ。そう思った胤舜は、

「ひとそれぞれいのちへの思いが違いましょう。わたしも母が命、旦夕《たんせき》に迫っていると思いながら日々を過ごしております。朝顔を見ればはかなさと輝きをともに感じるように思います」

と答えた。

「なるほどなあ、花を活ける者《もん》は、一通りの目だけで花を見るゆうことはないのやなあ」

感心したように言った雅秀は、さらに言葉を継いだ。

「どうやろう、まろは近くの庵を借りて、朝顔を描いておるのやけど、そなたに絵を見てもらいたいのや。花を活ける者ならではの見方を教えてもらいたいのや」

誘われて胤舜は戸惑った。

「ただいまからでございますか」

「善は急げや」

雅秀はにこりとして言った。

「わたしは供の者とここへ参っております。供の者が戻るまで、ここを動くわけにはまいりませぬが」

胤舜がさりげなく断ろうとすると、雅秀は後ろを振り向いた。

「供の者やったら参ったようやな。どうやらこれで、そなたに庵に来て絵を見てもらえるようや」

鉈を見つけて戻ってきた源助が花材とする花をたっぷりと入れた籠を背負って近づきながら、胤舜と雅秀が話しているのを訝しげに見た。

二

雅秀は胤舜を双ヶ丘のふもとの法金剛院近くの草庵に連れていった。狭い草庵の中は絵の道具や書物であふれるようだった。

六畳の間に胤舜を通した雅秀は、源助には、

「供の者は庭で待っててくれるか」

とあっさり言って、源助を草庵の中に入れなかった。雅秀は六畳の間の奥に据えられた仏壇に蠟燭をつけて参った。

そして縁側の障子を開けて庭先にひかえた源助からも胤舜の姿が見えるようにした。

胤舜が座ると、雅秀は絵を描いた紙を目の前に置いた。

綴じ合わされ、表紙には、

——朝顔草紙
とある。

「拝見いたします」

胤舜は表紙を開いて、あっと息を呑んだ。

一枚目に現れた絵は墨だけで描かれている。すなわち、漆黒の朝顔なのだ。墨の濃淡で葉っぱまで描かれているが、朝顔の赤、青色は微塵もないのだ。

胤舜がさらに一枚ずつめくっていくといずれも墨で描かれた黒い朝顔だった。

水墨画として描かれているのであれば、そう納得できるが、いずれも黒色に禍々《まがまが》しさが漂っている。

絵具を使わずにわざと不吉な朝顔を描いたのだとしか思えなかった。

「なぜ、色を施されなかったのでしょうか」

「それが、まろに見えてる朝顔やからや。まろにはこの世は明るいことは何にもない、漆黒の世にしか見えへんのや」

雅秀はくすくすと笑った。

胤舜はそんな雅秀に狂気めいたものを感じてぞっとした。

「そうゆうたら御坊には絵の前に見て欲しいものがあったわ」

さりげなく口にした雅秀は違い棚にのせていた書物を一冊、手に取ると胤舜に差し出した。書物の表紙には、

――柳子新論《りゅうししんろん》
と書かれている。雅秀はにこりとして、

「山県大弐《やまがただいに》ゆう学者はんの本や。それを承知で読んでみたらええ」

と言った。

胤舜は山県大弐を知らない。だが、真っ黒な朝顔を見せられた衝撃がまだ残っているためか雅秀に逆らいたくなかった。

勧められたまま、読み進むうちに眉を曇らせた。書いてあることがただごとではないのだ。

それでも真摯な主張が述べられており、その言わんとするところは胸を打った。朱子学の大義名分論から、わが国の主君は天皇であるとして幕府は朝廷に従うべきだ、という。だが、読み進むうちに、

――天に二日なく、民に二王なし
という言葉があった。さらに礼楽《れいがく》と放伐は天子より出ることが道の正統なるゆえんで

ある、と記されている。すなわち天にふたつの太陽はないように、地にも二人の王はいない、というのだ。

――苟《いやしく》も害を天下になす者は、国君といへども必ずこれを罰し、克《か》たざれば則ち兵を挙げてこれを討つ

とあるのを読んで恐ろしくなり、思わず書を伏せた。文章の中には、

――一夫耕さざれば、則ち天下にその飢えを受くる者あらん。一婦織らざれば、則ち天下にその寒を受くる者あらん

などとも述べてあって、その通りだとも思うのだが、全体を貫くのは天皇を擁して幕府を放伐するという論だ。

明らかに謀反ではないか。

胤舜が『柳子新論』を伏せたのを見て、雅秀は微笑を浮かべた。

「どないしたのや」

胤舜は青ざめた顔で答える。

「わたしには難しすぎます。よくわかりません」

「いいや、途中で読むのをやめたんは、中身がようわかったからや。この書を書かはった山県大弐ゆう学者はんはいまから六十四年ほど前に処刑されはった。幕府への謀反の疑いを受けましゃったのや。その山県大弐の書かはった本をそなたは、読んだ。西ノ丸老中、水野忠邦の隠し子がなあ」

雅秀は嘲るように笑った。

山県大弐は、甲府与力を父に享保十年（一七二五）甲斐国巨摩《こま》郡篠原村に生まれた。諱《いみな》は昌貞《まささだ》、大弐は通称である。

若いころ京に遊学し、その後、故郷に戻って与力の職を継いだが、身内に不祥事があったため、浪人して江戸に出た。

一時、九代将軍徳川家重の側用人、大岡忠光に仕えたが、忠光の没後は家塾を開いた。門人が増え、塾は隆盛したが、ある藩の御家騒動に巻き込まれた。

この際、御家騒動への関わりを恐れた一部の門人が大弐には謀反の疑いがあるとして幕府に訴え出た。

このため明和四年（一七六七）二月、大弐は捕らえられ取り調べを受けた。この結果、謀反の疑いはないものの、幕府を恐れぬ不穏な言動があったとして同年八月、処刑された。四十三歳だった。これを俗に、

——明和事件

と呼ぶ。いわば天皇を尊しとする学者の舌禍事件だった。

「山県大弐ゆうおひとは罪もないのに死罪になったのや。その学者はんが遺さはった書物を読んだそなたもただではすまんやろ。いや、実の父親の西ノ丸老中、水野忠邦も失脚してお役御免にならはるやろうなあ」

「なぜそのようなことをされるのですか」

胤舜はうめくように言った。

「なんでかと言うたら、まろの父上がそないな目に遭わはったからや。そなたの父が京都所司代を務めたはった四年前、文政十年（一八二七）のことや」

雅秀は虚ろな目で胤舜を見た。

「わたしの父が京都所司代であったとき、何があったというのでございますか」

「そのころ、まろは三人の友達とその『柳子新論』をまわし読みしておったのや。何せ、帝は尊くてあらしゃる、徳川家の上に立たへんかったら世の中は真っ暗やと話し合うた。その集まりは朝早うにそれぞれの屋敷を持ち回りでしていたさかい、槿会と呼んでおったのや」

「槿会——」

「そうや。槿花一朝の夢、徳川の世は間もなく廃《すた》れ、松樹千年、帝の世が千年続き、顔子は夭折を恐れない、すなわちまろたちは帝の世をもたらす捨て石になって、若うして死ぬんやなどと、できもせえへん気焔《きえん》をあげたのや」

　雅秀は悔やむように言った。

　雅秀たちは、『柳子新論』を読んで、これからは帝の世にならなければならぬと言いあった。何より、幕府が明和事件で山県大弐を処刑したことがその証のように思えた。

「後ろめたいところがないんやったら、学者はんの言うことなど放っておいたらええのや。それができひんかったんは、幕府が朝廷を怖がってるからと違うか」

　雅秀が言い放つと他の者たちも興奮して、

「その通りや」

「公家もいままでみたいにおとなしゅうしてたらあかん」

「幕府なにするものぞ」

と盛んに熱っぽく話した。早朝のこととはいっても、声高な話し声は奉公人たちの耳に入った。このためいつしか、雅秀たちの槿会はひとの噂になっていたのだ。

「そのことで京都所司代から咎めを受けられたのでございますか」

　胤舜はうかがうように訊いた。雅秀は大きく頭を縦に振った。

「受けいでか。けど、それはまろや友人たちではのうて、まろの父上がひとりで受けはったのや」

「父君が――」

胤舜は呆然とした。

「京都所司代の水野忠邦はまろたちがしてたことを知ると、すぐに父上を呼び出さはった。それはまろの父上がほかの三人の親より身分が高うて、学者として名を知られたおひとであらしゃったからや」

それは雅秀にとって恐ろしい日だった。

まさか、仲間と話していただけのことが、京都所司代の耳に入るとは思っていなかった。おびえて青くなっている雅秀に父は、

「そなたたちは間違うたことを考えてたんか」

と訊いた。雅秀はかろうじて意地を張り、

「いえ、正しいことをなそうと考えておりました」

と答えた。父は、微笑して、

「そうか」

とだけ言うと京都所司代の屋敷に出かけていった。

「それで父君がお咎めを受けられたのでございますか」

「そうや、『柳子新論』を読んでたんは、父上ひとり、ということになってしもうた。まろたちは、双六《すごろく》などをして遊びで集まってて、たまたま拾い読みしただけやさかい、罪はない、ということにしはったのや。水野としては温情のつもりやったんやろう。父上ひとりに罪を負わせて、将来のある若い者の罪は問わはらへんかったのやからな」

「それで父君様は――」

「官位を奪われ、朝廷から追われはった。学者として名をなそうにも幕府に睨まれた罪人やさかい、手をさしのべてくれはるおひともない。朝廷でお役を務める手当てが入ってけえへんかったら、貧乏公家はたちまち干上がってしまう。家財道具を売り払い、親戚から金を借りても、どうにもならへん。そのうち、父上は病に倒れ、苦しまはったあげくに亡くならしゃったんが、三月ほど前のことや」

雅秀は陰鬱な声で言った。

「そうだったのですか」

胤舜は目を閉じ、合掌して雅秀の父の冥福を祈った。その様を見て雅秀は激高した。

「よけいなことをするのやない。父上の恨みはいまからまろが晴らすのやさかい」

「なぜ恨みを抱かれるのです。もとはと言えば、あなた様が引き起こしたことではありませんか」

目を見開いた胤舜は鋭い声を発して言った。雅秀は、ふふ、と笑った。

「たしかにそうかもしれん。けど、『柳子新論』は間違うたことが書いてあるわけやない。幕府の要職にある者やったら、その説くところに耳を傾け、政の反省とせなあかんところや。そやのに、なんや、水野はわが父上にのみ罪を背負わせはった。それは温情やない。事が公になって自分も咎めを受けることを恐れはったからや。ことなかれで、何もかも闇に葬りたかったんが水野の本音や」

雅秀に言われて胤舜はうなだれた。

若い公家四人がかつて幕府に処刑された学者の書物をまわし読みしていたということになれば、

——謀反

の疑いがかけられ、騒動になる。それよりも雅秀の父が迂闊《うかつ》であったということにすれば、江戸表へも報告せずにすむ。

いわば水野忠邦は雅秀たちの槿会の一件をにぎりつぶしたのだ。そのことのすべての責めを負わされた雅秀の父は気の毒だった。

そして、水野忠邦はそのような犠牲が出ることを政のためにはやむを得ないと考え、平然と見捨てるひとなのだ。

がくりと胤舜が肩を落としたのをひややかに見た雅秀は、ゆっくりと口を開いた。

「さっき、そなたはまろが描いた朝顔には色がないと言うたな」

雅秀のかすれた声を胤舜は気味悪く聞いた。

「なぜ、色が無いのかは、ただいまうかがいました」

胤舜は言いながら、庭先の源助をちらりと見た。源助はそっと立ち上がる。

雅秀は懐に手を入れた。

「まろは黒い朝顔しか描けんようになってから、どうしたものかと考えてきた。そうして思いついたことがある」

「何を思いつかれましたか」

胤舜は少しでも雅秀をなだめようと声をかけた。だが、雅秀は薄く笑いを浮かべたまま懐から短刀を取り出した。

「ご無体な、何をなされるおつもりですか」

「黒い朝顔を赤く染めてしまおうと思うのや。そなたの血がちょうどええ。父上の無念も晴れるやろう」

雅秀が短刀を抜き放って、胤舜に突きかかろうとしたとき、源助が疾風《はやて》のように座敷に駆けあがってきた。

「死ね——」

叫びつつ胤舜に突きかかった雅秀の腕を源助がつかんだ。源助は雅秀の腕をねじりあげつつ、

——ご免
と声を発して雅秀を投げた。雅秀は大きな音を立てて畳に投げつけられた。そのはずみで画帳に綴じ合わされていた朝顔の絵が散乱して宙に舞った。

倒れた雅秀の上に、黒い朝顔の絵が次々に舞い降りていくのを見て、源助はぎょっとしたように目をむいた。

「胤舜様、この絵は何事でございますか」

源助が思わず訊くと、胤舜は悲しげに答えた。

「この方にしか見えない朝顔です。いえ、ひょっとしたら、本当はこの世は漆黒の闇なのかもしれません」

倒れた雅秀はぴくりとも動かない。

いつの間にか雅秀は夢を見ていた。

幼い自分がいた。

屋敷の中である。誰かを探して屋敷の中をめぐっていた。

母がいた。

姉がいた。

「誰を探しているのですか」

母と姉から聞かれた。

「わかりません」

幼い自分は頭を横に振った。本当に誰と会わなければいけないのかわからなかった。

それでも母からしつこく訊かれると、面倒になって、

「大きなひとです。とても大きなひとです」

と答えた。自分の答えが恥ずかしくなって広縁《ひろえん》を音を立てて走った。すると奥の広間から、

「走っているのは、誰だ」

と男の声がした。やわらかく、よく通る声だった。

ひどく恥ずかしくなって、柱の陰に隠れて、

「誰でもありません」

と答えた。

「誰でもないということがあろうか」

空の上から響いてくるような声がした。気が付くと大きな腕に抱きかかえられていた。足をばたばたさせたが、そのまま空高く持ち上げられた。

「すごい、こんなに高く」

と喜んで、はしゃいだ。そしてかかえてくれている腕の向こうの大きな顔に向かって、

——父上
と呼びかけた。

三

胤舜から雅秀が何をしようとしたかを聞いた源助は『柳子新論』を拾いあげると引き裂いたうえで、仏壇の燈明の火をつけた。

燃え出した紙の束を中庭に持っていき、燃え尽きるのを見定めてから座敷に戻った。

源助は畳の上に落ちていた短刀を拾い上げ鞘におさめて懐に入れた。そして雅秀を抱

え起こすと背中から活を入れた。

雅秀がうめいて気を取り戻すと、胤舜と源助は下座で手をつかえ頭を下げた。

「ご無礼いたしました。お許しくださいませ」

胤舜が言うと、雅秀は呆然とした表情で言葉を発した。

「まろが気失うてる間に去ればええもんをなんで残っておるのや」

胤舜は顔を上げた。

「ひとつだけおうかがいしたいことがございます」

「何を訊きたいのや」

雅秀はそっぽを向いたまま応じた。

胤舜は落ち着いた口調で問う。

「父君は雅秀様の罪をかぶられてから、そのことでお叱りになられましたか」

雅秀は目を閉じて、頭を横に振った。

「いいや、お叱りにはならへんかった。そやから、なんで、お叱りにならへんのか一遍だけうかごうてみたことがある」

「何と仰せになられました」

「わが息子が正義と信じてしたことを咎める父親があるやろうか。わが息子が信じる道を進むのを守るために盾となるんは父の務めや。気にすることはない、そう仰せになった」

雅秀は声をつまらせながら言った。あの日、父は病で床に臥せっていた。やせ衰えて苦しげだった。

だが、雅秀が問いかけると、以前に京都所司代屋敷に呼び出されたときと同じ、やさしい笑みを浮かべて気にすることはないぞ、と言ってくれたのだ。その声には少しも虚勢をはったところが無かった。

思えば、自分が幼いころから父は常にこのような穏やかな笑みを向けてくれていた。

だが、成長するにしたがって自分は、いつまでも貧乏公家のままで、学者としての力がありながら、世渡り下手で名をあげることができずにいる父を軽んじてきた。

そんな父を乗り越えて生きていくのは当然のことだと自惚《うぬぼ》れていた。

「さようでございましたか」

胤舜は目を閉じた。

雅秀の父がどれほど大きな慈しみを抱いていたのか、と思うと羨望を感じないではいられない。雅秀は父の思い出を嚙みしめるようにつぶやいた。

「そうして苦しまはって亡くならしゃるまで、一遍も愚痴めいたことは言わはらへんかった」

雅秀はうつむいて嗚咽した。

胤舜は感銘を受けた表情で、深々とうなずく。

「わかりましてございます。わたしはこれまで、女人の思いを受け止める花を活けることが多うございました。今日は雅秀様の父君への思いを込めて活けさせていただきとう存じます」

胤舜は言うなり、立ち上がって中庭に下りた。源助が従う。花材を入れて源助がかついできた籠を胤舜はあらためた。そして、源助に何事か指示をした。

源助はうなずいて、鉈を手に庭を出て、近くの林へと入っていった。しばらくして源助が伐り出した竹と木の枝を手に戻ってきた。

胤舜は竹筒の大きさに切らせ、さらに木の枝も短くすると籠に入っていた蔓《つる》で結ばせた。

できあがったものを持った胤舜は座敷にあがり床の間に竹筒を据えた。台所から茶碗に水を汲んできて、竹筒に注ぎ入れた。

木の枝を組み合わせたものを竹筒の中に入れる。源助に花材の籠を縁側まで持ってこさせると、中から花を取り出した。

その花を竹筒に活ける。

胤舜は床の間の前に座って竹筒に活けた花を見つめた。そして、さっと振り向くと雅秀に声をかけた。

「活けましてございます」

それまで胤舜のすることから目をそらしていた雅秀はゆらりと立ち上がって床の間の

前に座った。

「これは――」

雅秀は思わず声をもらした。

竹筒に活けられていたのは、まだ瑞々しく咲いている青い朝顔だった。

竹筒に入れられた木の枝は長いほうを縦に、短い方を横にして蔓で十字の形に結び付けられている。

十字の枝に朝顔の蔓が巻き付けられ、ちょうど十字の結び目のあたりに朝顔の花が来ていた。

「畏れ多いことながら、十字の枝は磔柱《たくちゅう》を模しております。雅秀様の父君は罪を問われ、言わば磔柱に架けられたと存じます。しかし、それは真の罪ゆえではなく、雅秀様への慈しみから大いなる思いで磔柱に上られたのでございます。それゆえ、清く美しい青い朝顔こそが父君様の心にふさわしいと存じました」

「そうか――」

雅秀はつぶやいたまま青い朝顔を見つめていた。そして、不意に涙を流した。

父が亡くなった日のことを思い出した。

それまで病に苦しんでいたのに、不思議なほど静かな最期だった。

夕刻になっていた。

日が斜めに差し込み、白い光がしだいに緋色に変わっていった。痩せた父の顔を見ていると後悔の念ばかりが雅秀の胸に満ちた。

父に慈しんでもらいながら、何の恩返しもできなかった。ただ、親不孝をして苦労を押し付けただけだった。

それなのになぜ父は怒らなかったのか。もっと腹を立て叱っていてくれたら、これほど悲しまずにすんでいたかもしれない。

そう思ったとき、憎む相手が欲しくなった。父をこんな目に遭わせた相手を憎み、復讐をしたいと思った。

だが、心のどこかではわかっていた。本当に罰したいのは自分なのだ。未熟で愚かな自分を罰し、父に詫びたかった。

だが、どうしたらいいのか、わからなかった。

「まろは父上にすまぬ、すまぬと思いながら、どっかで逃げてたのやな。父上が自ら咎を背負うてくだされたことを忘れ、水野忠邦を恨み、その恨みをそなたにまで向けてしもうた。父上の子とは言えん。恥ずかしい限りや」

雅秀の言葉を聞いた胤舜は深々と頭を下げると、

——失礼いたします

と声をかけて立ち上がり、庭へと降りた。雅秀は何も言わず、振り向こうともしなかった。

胤舜は籠をかついだ源助とともに草庵を出た。

すでに日は高くなっている。

胤舜は青空の白い雲を眺めながら歩いた。すると、源助が後ろから声をかけた。

「胤舜様はおとなになられましたな」

「そうでしょうか。まだまだ未熟だと思いますが」

胤舜は微笑した。

「いや、さようではありませんぞ。男子は父親の思いがわかったとき、おとなになると言います。きょう、胤舜様は立派なおとなになられました」

源助は感心したように言った。

父のことを言われると、これまでは心が波立っていた。しかし、源助の言う通り、いまは胸のざわめきがなかった。

父である水野忠邦の何事かがわかったということではない。

ただ、雅秀の父の心を思ったとき、何がしか胤舜の心に伝わってきたものがあった。ひとの心には誰しもなにかがあるのだ。

それがどれほど、大きいか小さいか、あるいは温かいか冷たいかはわからない。だが、いずれにしてもそれはある。

母を不幸にしたと思って父を憎んだこともあった。しかし、それはわからないことだ。ひとの心がどれほどの大きさでひとを包んでいるかは誰にもわからない。

ただ、ある日、ふと大切な何事かを感じるのだ。

源助が返事をせがむように言葉を継いだ。

「胤舜様、そうではございませんか」

「さて、どうでしょうか」

胤舜は源助の言葉にとらわれずに歩みを進めた。

自分がおとなになるということは、母との別れが近いのではないかと思った。

それとともに、父である水野忠邦に会う日の心構えを雅秀から教えてもらったような気がした。

胤舜は歩きながら、源助に言うともなくつぶやいた。

「親とはありがたいものですね」

源助はうなずく。

「さよう、そのことに気づくのが人の幸せでございましょう」

胤舜と源助をさわやかな風が包んだ。

芙蓉の夕《ゆう》

［酔芙蓉］

一

胤舜は大覚寺の庭先で摘んだ酔芙蓉《すいふよう》の花を仏壇の供花《くげ》として活けた。

薄暗く、黒と金色が目立つ仏壇に酔芙蓉の花の白さが浮き出た。胤舜が息を詰めるようにして活け終え、低頭して後ろへ下がると、不濁斎広甫が、

「ようできた。芙蓉の花は佳人にたとえられることが多いが、胤舜の活けた花には母上の面影がある気がするのう」

と褒めた。胤舜は頭を下げて、

「ありがたく存じます。酔芙蓉は、芙蓉の中でも朝方は白く夕方になるにしたがって赤みが勝って紅色になり、まるで夕焼けに染まるように美しくなります。そんなところが母上を思わせるのかもしれません」

「酔芙蓉はあたかも酒を飲んだかのごとく花が白から赤く変わるゆえ、その名がついた

というな。芙蓉は唐《から》の国ではもともと蓮の花のことじゃ。水の中に咲くものを水芙蓉、木に咲くものを木芙蓉と呼んでいたらしい。わが国では蓮を芙蓉とは呼ばぬゆえ、木芙蓉のことだけになったらしい」

「そのせいなのでしょうか、わたしは芙蓉を見ると、何となく仏様の事が思われてなりません。仏様のご慈悲により、母上の病が治りますようにと願うばかりでございます」

胤舜は酔芙蓉の花を見つつ、

「お師匠様、わたしは近頃、辛い思いがいたします」

「辛い思いじゃと？」

「はい。夜、寝ていて夢の中でいつも泣いているのでございます」

朝、起きたとき、目が泣き腫らしたように赤くなっているのがしばしばだった。そんな朝、母上の病が重くなっているのではあるまいか、と懸念し、食事も咽喉を通らない、と胤舜は話した。

「そうか、近頃、元気がないと思ったが、さような夢を見ておったのか」

ここしばらくの胤舜は仏壇に日々、花を供える務めを果たしながら、寝不足のためか青ざめて手元があやうくなり、花を落とすこともしばしばだった。

「あまり気に病まぬがよい。そなたが苦しめば、その気は母上にも届こうほどにな。近くは宮中にてひさびさに立花会《りっかえ》がある。わたしはわが一門からはそなたに活けてもらいたいと思っているのだ」

広甫は諭すように言った。

活花はかつて、

——立花《りっか》
と呼ばれていた。宮中での立花会は、立花を愛好した後水尾天皇が親王や公家、門跡たちを宮中に集めてたびたび催した。

当時、中心となって立花を行ったのは二代目の池坊専好である。後水尾天皇が寛永六年（一六二九）に退位すると仙洞《せんとう》御所で立花会が催された。

その後、宮中での立花会は催されることがなかったが、先帝である光格天皇といまの仁孝天皇はともに朝儀復興に熱心で宮中での立花の催しを行いたいとの思し召しがあり、活花の各流派が一堂にそろっての立花会を行うことが決まっていた。

胤舜はうなずき、手をつかえ頭を下げると、立ち上って仏壇の前から去ろうとした。

だが、その瞬間に胤舜の体はぐらりと揺れ床に倒れた。

「胤舜、どうした」

胤舜を抱え起こした広甫が額に手をあててみると、燃えるように熱い。広甫はあわてて寺男の源助を呼んだ。

「源助、医者を連れてまいれ」

胤舜が倒れている様を見た源助は血相を変えて医者のもとへ走った。源助に連れられてやってきた医者は最初、熱の高さをみて、

――疱瘡《ほうそう》ではないか、とぎょっとしたが、汗はさほどかいておらず、肌の色つやも悪くない、などの様子をみて、

「これは大きな悩み事をかかえておられるがゆえの熱でございますな」

と言った。医者は解熱の薬などを調合し、

「よく休まれることが肝要です。できれば悩みのもとをなくすのがもっともよいのですが」

と言い置いて帰っていった。

医者が帰った後、源助は広甫にひそかに訴えた。

「このままでは胤舜様は本当に病んでしまわれ命にも関わります。なんとかしなければいけませんぞ」

広甫もうなずいたが夢のことだけに手を打つ術がなかった。せめて母の安否だけでもわかれば、胤舜の心が落ち着くかもしれないと思った。

広甫は、胤舜にとって兄弟子である立甫と祐甫、楼甫に京中の寺を訪ね歩いて胤舜の母である萩尾が身を寄せていないか訊いてまわるようにと言った。

立甫は驚いて、

「京中の寺をでございますか」

と言った。京は寺が多い。ひとつ残らず訪ねればどれほどかかるかわからない。

広甫はうなずく。

「病の女人が身を寄せられる寺はさほど多くない。まずは尼寺であろう。そのほかでも難儀をしている女人を受け入れるほどの塔頭《たっちゅう》がある寺ということになる」

祐甫が首をかしげた。

「しかし、萩尾様が必ず寺におられるとは限らないのではありませんか。縁のある武家や町人のもとに身を寄せておられるかもしれませんぞ」

「それはそうだが、萩尾様は西ノ丸老中、水野忠邦様の側室だ。武家や町人のもとに身を寄せては水野様にご迷惑がかかるやもしれぬと気づかわれておろう。だとすると、やはり俗世と関わらぬ寺ではないかと思う」

そこまで言った広甫はかたわらに控えていた源助に、

「そなたには蓮月尼殿を訪ねてもらいたい」

「蓮月尼様を――」

源助は目を瞠《みは》った。

「そうだ。今年の二月にわたしは蓮月尼殿に頼まれて、萩尾様が胤舜の声だけでも聞けるように手助けをした。あのとき萩尾様は知恩院におられたのではあるまいか。おそらくいまはおられぬと思うが、行く先を蓮月尼殿ならば知っておられるかもしれぬ」

源助は胤舜とともに蓮月という尼を助けて知恩院まで送り届けたことがある。

その際、源助がかつて丹波亀山藩に仕えていたころ蓮月もまた奥女中を務めていたこ

とがわかった。では、あのおりに、とつぶやいた源助はうなずいて、

「わかりましてございます。蓮月尼様をお訪ねいたします」

と言った。間髪を入れずに、楼甫が膝を乗り出して言った。

「では知恩院へはわたしも参ります。何か手がかりがあるかもしれませんから」

楼甫は伊賀の郷士の子で忍びの術の心得があるだけに人捜しにも長けていた。あてどもなく寺をまわるよりも、まず関わりのあるところからと思ったのだ。

「それがよいな」

広甫がうなずいたため、立甫と祐甫は口をはさむ余地がなくなった。立甫が、

「ではわたしと祐甫でほかの寺をまわりますか」

と言うと祐甫がうなずき、そろってため息をついた。

翌日から、四人は萩尾を捜すことになった。

源助は、楼甫とともに東山の知恩院に赴いた。

蓮月が暮らす真葛庵を訪ねると、蓮月は仏壇に向かい読経していた。源助と楼甫は外で読経の声がやむのを待った。

蓮月は四人の子を亡くしている。読経には哀切な思いがあふれていた。

やがて読経が終わったころを見計らい、源助は声をかけた。

「鷹栖源助でござる。蓮月尼様にお尋ねいたしたいことがあって参りました」

障子戸を開けて尼僧姿の蓮月が出てきた。

「源助殿、おひさしぶりでございます。今日は何用でございましょうか」

蓮月は穏やかな笑みを浮かべながらも、源助の背後の楼甫に目を遣り、怪訝な顔をした。

「胤舜様の母上、萩尾様のことでございます」

源助が萩尾の名を口にすると、蓮月は緊張した顔になった。

「萩尾様に何かあったのですか」

源助は頭を振った。

「いえ、萩尾様に何が起きているかわたしどもにはわかりません。胤舜様が母上様のことを案じられてご病気になられております。それでひと目でも母上様にお会わせしたいと萩尾様の所在を捜しておるのです」

蓮月は源助の言葉を聞いて愕然とした。

「何ですと、萩尾様は大覚寺へは参っておられないのですか」

源助は目を瞠った。

「萩尾様が大覚寺へとは、何のことでございましょうか」

楼甫も近づいて、

「拙僧は大覚寺の僧にて楼甫と申します。胤舜の母上は大覚寺には見えておりませんぞ」

蓮月はよろめいて戸にすがった。

「蓮月尼様、どうされました」

源助があわてて蓮月を支えた。蓮月は、

「申し訳ございません。わたくしが迂闊でございました。萩尾様はひと月ほど前に大覚寺からと名のる迎えが来てこの庵を出ていかれたのです」

と悲痛な声で言った。

「なんと」

源助は息を呑んだ。

「どのような僧でございましたか」

身を乗り出して楼甫が訊いた。

「それが松吟《しょうぎん》と名のられた立派なお坊様でございました。それに深沢兼五郎という京都所司代のお役人もご一緒だったのです。萩尾様をのせるための立派な女乗物《おんなのりもの》も用意されていたのです」

蓮月は思い出しながら言った。

源助は目をむいた。

「京都所司代の役人がどうして一緒に来たのですか」

「水野様からのお手配だと申しておりました。ふたりを案内した知恩院の役僧の方が深沢様というお武家をご存じで間違いなく所司代の役人だと申されていたので、すっかり信じてしまいました」

楼甫はうなずいた。

「大覚寺に松吟という役僧はたしかにおられます」

源助の目が光った。

「ということは、おそらく所司代の役人というのも嘘ではないのだ」

蓮月がはっとして口を押えた。

「どうされました」

源助が訊くと、蓮月は額を押さえながら口を開いた。

「大覚寺からのお迎えが見えましたとお伝えしたおり、萩尾様は怪訝な顔をしておられました。さらに京都所司代のお役人も見えたことにも驚かれたようでした。そしてただいまの京都所司代はどなたなのかと知恩院の役僧に訊かれたのです」

「京都所司代は五月に代わられたはずですな」

源助は首をひねった。楼甫が大きくうなずいて、

「太田《おおた》備中《びっちゅうの》守《かみ》資始《すけもと》様です」

と告げた。太田資始は近江国宮川藩主堀田《ほった》正穀《まさざね》の三男として生まれた。初名は正寛、仮名は友三郎である。

文化七年（一八一〇）、遠江《とおとうみ》国掛川藩主太田資言《すけとき》の養子となり家督をついだ。大坂城代などを務め、この年、五月から京都所司代に就任していた。

「そうです。所司代が太田様だと聞かれて萩尾様は困ったような顔をされましたが、その後で何か覚悟をされたようで、大覚寺へ参りますとお返事されたのです。萩尾様は何か感じておられたのです。それなのに申し訳ないことに、わたくしは、気づかなかったのでございます」

蓮月は悔やんだ。源助は蓮月を励ますように、

「何の、大覚寺と京都所司代を名のったのが偽りでないとすれば、それほどおかしな話ではないかもしれません。萩尾様はご無事なのだと思います」

と言った。

蓮月は源助の手をとった。

「鷹栖殿、何としても萩尾様を捜し出してくださいませ。そうでなければ、わたくしは胤舜様に申し訳が立ちません」

「おまかせください」

源助は大きくうなずくと、楼甫をうながして知恩院の門へ向かった。

蓮月を励ますために自信ありげに言ってはみたものの、萩尾は何か大きな力によってかどわかされたのではないかという気がして源助は不安だった。

知恩院の門をくぐって外へ飛び出すと夏の日が照りつけていた。

二

そのころ、立甫と祐甫は網代笠《あじろがさ》をかぶり、頭陀袋《ずだぶくろ》を下げて托鉢僧の姿で京の市中を歩いていた。寺をまわって萩尾に似た女人はいないかと尋ねたが、案の定、行きあたることはなく、徒労としか思えなかった。

「どうしたものかな。一日、こうやって歩かねばならぬのかな」

歩き疲れた立甫が愚痴めいて言うと祐甫はため息で応じた。

「やむを得まい。師の御坊のお言いつけなのだ。これも修行であろう」

ふたりが重い足取りで歩いていくと大きな山門の前に出た。

「妙蓮寺だな。どうする、訪ねてみるか」

立甫が網代笠をあげて眺めながら言った。祐甫が、さて、とつぶやいて、

「法華《ほっけ》は敷居が高いな。訪ねてもめごとになっても困るぞ」

と言った。妙蓮寺は日像聖人によって、永仁二年（一二九四）に創建された。日像聖人が京の町で辻説法していたおり、京都の造り酒屋柳屋仲興《やなぎやなかおき》夫人が帰依して妙蓮法尼となった。

柳屋の寄進によりその邸内に小さな堂宇《どうう》が建てられ、四条大宮に移転して発展したが、その後、近くに豊臣秀吉が聚楽第《じゅらくだい》を造営したため引っ越した。

移転当時は、境内に二十七の院を構える大寺だったが、天明の大火で鐘楼だけ残して焼失し、寛政年間（一七八九～一八〇一）にようやく復興したという。

大覚寺は真言宗だけに他宗を排斥して信者を広げてきた法華宗とは関わりたくない。ふたりが立ち去ろうとしたとき、立甫が足を止めた。

「あれは松吟様ではないか」

立甫の視線を追って祐甫も目を遣った。

ひとりの僧侶が、壮年の武士と連れ立って妙蓮寺の山門をくぐっていった。

祐甫も僧侶に目を止めた。松吟はふたつきほど前に、高野山から大覚寺に来た僧で、もとは武士だったらしい。

もっとも僧侶の出自は大半が武士で、殺生の罪業ゆえに仏門に入るのだ。

「たしかにそうですが、なにゆえ法華の寺に行かれたのであろうか」

祐甫が首をかしげると、立甫は苦笑して、

「わからんな」

と言って歩き出した。祐甫も続きながら、

「時に立甫殿、見事ではござらんか」

と言ってあたりを見まわした。

うむ、と立甫は息を呑んだ。

妙蓮寺のまわりは生垣のようになっているが、そこに酔芙蓉の花が咲いていた。白い花からやや朱色を帯びたもの、さらに緋色になったものまであった。

「まことに美しゅうございますな」

祐甫の言葉に答えずに立甫は歩いた。


そのころ、大覚寺に戻った源助と楼甫は、広間で蓮月から聞いたことを広甫に告げた。

「松吟殿が――」

松吟の名が出ても広甫はさほどに驚かず、眉をひそめただけだった。しかし、京都所司代、太田備中守資始の名が出ると緊張した表情になった。

源助は目ざとく気づいて、

「もしや太田備中様は何か水野様と関りがあるのでございますか」

と訊いた。広甫はじろりと源助を見た。

「なぜ、さように思うのだ」

「いままで、胤舜様に悪しきことが起きたとき、すべては父上である水野様を恨んでのことでした。此度《こたび》もそうなのではないかと思ったのです」

源助の言葉に広甫はため息をついた。

「そうなのだ。かつて水野様が京都所司代をされていたころ、わたしはお訪ねした際にうかがったことがある」

水野忠邦は、唐津藩から浜松藩に国替えになり、その後は寺社奉行を経て文政八年

（一八二五）に大坂城代となり、従四位下に昇位した。さらに文政九年に京都所司代となって侍従、越前守となっている。

太田資始は浜松藩とは同じ遠江国の掛川藩だけに移封してきた忠邦のめざましい出世が目障りだったらしい。資始は忠邦よりも五歳年下だけに、忠邦の後を追う形になることが不快だった。

何より、資始も忠邦同様、青雲の志を抱いて幕閣に昇りたいと思っていた。

だが、同じ遠江国の大名である忠邦が、幕閣に地位を占めると資始の行き場がなくなるかもしれなかった。それでも資始は名君の評判を得て幕閣に登用されようと懸命に努力をした。家臣の中でも直言する者を好み、

「我を怒らせる者は忠臣なり」

として、諫言《かんげん》する家臣に目をかけた。また、資始は自らの愛馬が死んだのを嘆いたおり、家臣たちが慰めようと様々な手立てを講じるのを知って、

「藩主たる者は藩士、領民を死なせたことを嘆くべきで、馬の死を嘆くべきではない」

と家中の者たちの前で言って、それからは二度と愛馬のことを口にしなかった。

また、掛川藩は灌漑《かんがい》用水を溜池に依存していたため常に農業用水の不足に悩み、たびたび旱魃《かんばつ》が続いて飢饉となった。

資始は飢饉に備えて松の木の皮を食用にすることを考えついた。そして「松皮製造法」を定め、松の皮の食べ方を領民に周知させた。

これらの資始の政策は同じ遠江国だけに、忠邦の耳にも届いた。すると忠邦は、

——真ニ愚カナル事也

と家臣たちの前で言った。

「諫言を好むなどと言う者は実際には耳触りのいい意見しか聞こうとしないものだ。家臣たちもそれを知っているから聞き入れやすい意見を持っていくにすぎない。少々のことを言っても忠臣だと言われるとわかっていれば、まことの命がけの諫言などは出てこないだろう」

さらに、愛馬のことを家臣の前で嘆かないなどは当たり前のことで大名たる者、喜怒哀楽を家臣に知らしめないのは、当然の心得だ、と述べた。さらに「松皮製造法」については、

「飢饉にならぬようにするのが、政《まつりごと》をなす者の務めではないか。そのためには、いざという時のために、米、雑穀などを十分に備蓄しておくのが政であろう。飢饉が起きてもひとりも領民を死なせない、というのが大名の心構えであるべきだ。飢えたら松の皮を食えとは、それまで何もせずにいるということか。飢饉となって松の皮を食わせられる領民はまことに哀れである」

忠邦は舌鋒鋭く資始を論難した。これを伝え聞いた資始は顔面蒼白となり、終日、物

を言わなかったという。

　所司代屋敷で資始のことを話した忠邦は苦笑して、

「浜松に移封になったころのわたしは、さあこれからだ、という気持だっただけに、気負いが過ぎて作らないでもよい敵を作ってしまったようだ」

と話した。実際、資始はその後、天保五年（一八三四）、忠邦の後を追うように西ノ丸老中となり、さらに本丸老中にまで進むがそのころ忠邦による〈天保の改革〉が始まると執拗に反対した。ついには、水戸の徳川斉昭《なりあき》を出府させ、〈天保の改革〉をつぶそうと画策した。斉昭が動かなかったため、資始は忠邦の反撃にあって失脚、老中職から追われるのだ。

　そんな資始の忠邦への嫌がらせはこのころから始まっていたのかもしれない。

　広甫の話を聞いて源助は憤激した。

「いかに水野様が憎かろうとも、萩尾様をかどわかすなど、京都所司代のなされようとは思えませんぞ」

　楼甫が首をひねった。

「しかし、太田様は、胤舜の母上をさらってどうされるおつもりなのでしょう」

「わからぬが、胤舜の様子を見ていてひょっとしたらと思うことはある」

　広甫は腕を組んで言った。

「それはどのようなことでございましょうか」

源助は膝を乗り出して吠えるように訊いた。

「胤舜の活花は近頃、京で評判になっておる。それで、わたしは近く開かれる宮中立花会に胤舜を出そうと思っている。そうなれば胤舜の活花が帝の目にふれることになる。もしも帝からお褒めの言葉を頂戴すれば、胤舜の名はいっそう上がることになる。そうなれば京のひとの口はうるさい。やがては胤舜が水野様の子であることも世に伝わるだろう。そうなれば水野様の評判も上がるのではないか。太田様はそれが面白くないのであろう」

「それで萩尾様をかどわかしたというのでございますか」

信じられないという口調で源助は言った。

「現に胤舜は萩尾様がかどわかされたとも知らぬのに、病に伏してしまった。このまま萩尾様が見つからねば、とても立花会に出るなどかなわぬだろう」

「何という非道な」

源助はうなり声をあげた。

三人が話しているところに、立甫と祐甫が帰ってきた。源助から萩尾が京都所司代と大覚寺の松吟によってかどわかされたようだ、と聞かされた立甫と祐甫は顔を見合わせた。そして、立甫が、

「妙蓮寺で松吟と武士を見かけました。ひょっとすると、萩尾様は妙蓮寺におられるのではないでしょうか」

と言った。

立甫の言葉を聞いて広甫は驚いた。

「それはまことか」

はい、さようでございます、と立甫と祐甫は異口同音に言った。

「妙蓮寺ならばやりようがあるかも知れぬな」

広甫の目が光った。

三

三日後――

京都所司代、太田備中守資始は、妙蓮寺に赴いた。

胤舜の母、萩尾を預からせている大覚寺の松吟と家臣の深沢兼五郎から、

「妙蓮法尼殿がお会いしたいとのことでございます」

と報せてきたからだ。

妙蓮法尼とは、造り酒屋の柳屋の老婦人が出家すると代々、引き継いできた法号だった。

柳屋が醸造した酒は、室町時代、

――柳

と呼ばれて人気を集めた銘酒だった。

柳屋の当主は代々、中興四郎《しろ》右衛門《えもん》を名乗った。柳屋は全盛期には室町幕府が造り酒屋に賦課する酒屋土倉役の一割を一軒で負担したほどだった。

江戸時代に入ってかつての富商としての勢威からは遠ざかったものの、一族がそれぞれに家産をなしており、ひそやかに富を伝えていた。

幕閣でのし上がろうと考えている資始にとって粗略にはできない富商一族だった。

資始はたくましい体つきで、鷲鼻で目は鋭く、気難し気な表情を浮かべている。

案内されて奥座敷に上がると、松吟と深沢が末座に控え、座敷の真中に顔見知りの妙蓮法尼ともうひとりの尼僧がいた。

資始が怪訝な顔をして座ると、妙蓮法尼が手をつかえ、

「所司代様にはわざわざのお運び、まことにありがたく存じます。今日はぜひともお願いの儀がございまして、おいでいただきました」

「妙蓮法尼殿の頼みとあれば聞かぬわけにはいかぬが、どのようなことであろうか」

資始は鷹揚に応えた。

妙蓮法尼はかたわらの尼僧に顔を向けると、

「こちらは蓮月尼殿と申され、かねてからわたくしとは和歌のお仲間でございます」

蓮月という名を聞いて資始は眉をひそめたが、何も言わない。

蓮月は手をつかえて、

「わたくしは、ただいま、この寺に預かっていただいている、萩尾様とかねてから懇意にいたしております。実を申せば、先ごろまで萩尾様はわたくしの庵におられましたが、そちらの松吟様と深沢様が大覚寺にてお引き取りになるとのことで、庵から連れていかれました。ところが、大覚寺にはいかれず、こちらにお世話になっているとのことでございます」

資始はちらりと松吟と深沢を見た。ふたりとも強張った顔をしているのは蓮月がこの場に出てくるのを知らなかったのだろう。

資始は表情を変えずに、

「さようなことになっていたのか。なぜであろうかな。大覚寺の松吟はもともとわが掛川藩の藩士であったものでな。致仕して高野山に上り、僧侶となった。市中に西ノ丸老中、水野忠邦様の側室が病の身で隠棲しておられると聞いたので、身辺を警護するため引き取るよう申し付けた。落ち着く先が大覚寺か妙蓮寺かはわしの知らぬところだ。ただ、大覚寺でなければいかぬ理由があるのなら言うてみよ」

と言った。蓮月は穏やかな笑みを浮かべて、

「そのわけは隣の部屋に用意いたしたものをご覧いただければおわかりになると存じまする」

「ほう、何を見よというのだ」

資始は隣の部屋との間を仕切っている襖に目を遣った。すると、襖がゆっくりと開い

た。隣室には、水をはった銅盤が置かれ、花が活けられている。そのかたわらに小柄な僧が平伏していた。

「そなたは何者だ」

資始はひややかに声をかけた。

「大覚寺の胤舜と申します」

胤舜は澄んだ声で答えた。病床にあった胤舜だが、母の危難を聞いて必死の思いで起き出し、駆けつけたのだ。胤舜を支えているのは母への思いだった。資始は蓮月に顔を向けた。

「見せたいものとは、この小坊主か、それとも花でござるか」

蓮月は淡々と答える。

「両方でございます」

「ならば見せてもらおうか」

資始は立ち上がると、隣室に入った。活花の前に立ち、

「これはたしかに見ごたえがあるな」

と資始はつぶやいた。

水をはった銅盤に活けられているのは、酔芙蓉である。

それも一本ではなく、白色や緋色、紅色と変化した酔芙蓉が何本もあふれるように活けられている。しかも白から緋色、紅色という色の移り変わりがわかるように活けてあ

った。さらによくみれば花の赤色は水盤深くまで届いている。まるで水までも赤く染めたようだ。

「まことに美しい活花だが――」

資始は当惑したように言った。

蓮月が顔を資始に向けた。

「見ていると、何やら悲しく、儚《はかな》く思えてくるのではございませぬか」

「たしかにそうだな。なにゆえであろうか」

資始は首をかしげた。蓮月が胤舜に声をかけた。

「胤舜殿、なぜかような活花なのか、お話しなされ」

胤舜は資始を見上げた。

「申し上げてよろしゅうございましょうか」

「許す。申せ――」

資始は胤舜を見すえて言った。胤舜は背筋をのばしてから口を開いた。

「酔芙蓉は一日花《いちにちばな》と申します。朝に開き、夕にはしぼんでしまうからでございます。それとともに、朝方は白く、しだいに赤みを帯びて、時の移ろいをも花の色にて表します。それはあたかもひとの一生を見るかのごとくです。しかし、ひとならば命終わるとき、しだいに色を失い、白く戻っていくのではないかと思います」

胤舜は言葉を切って酔芙蓉を見つめた。そしてため息とともに言葉を添えた。

「かように水盤に活けますと水に赤色が映り、あたかも血のように思えます。すなわち酔芙蓉は寿命によって命絶えるのではなく、まだ生きる力がありながら、血のごとく赤く染まってしぼんで参るのです」

資始は苛立った。

「待て、何を言いたいのだ。わしはそなたの母を手厚く看病させておるぞ。殺そうなどとは思っておらぬ」

「花は自らの望むところから無理やり移されれば枯れてしまいます。望まぬ場所に花を置くのは殺すのも同然でございます」

胤舜はきっぱりと言い切った。

「何を、無礼なことを申すな」

資始が激昂したとき、縁側から広甫が座敷に入ってきた。「大覚寺の不濁斎広甫と申します。そこなる胤舜の師にございます」

資始は広甫をにらみつけた。

「師であるならば、弟子の無礼の責めは負うのであろうな」

「はて、胤舜が無礼を申しましたでしょうか。わたしにはさようには聞こえませんでしたが」

資始はつめたい笑いを浮かべた。

「わしを言いくるめようとしても無駄なことだぞ。こやつはたしかにわしが母親を殺そうとしているとあらぬことを申したのだ」

「胤舜が申したのは花のことでございます。それよりも所司代様にはなぜ萩尾様が胤舜の母上だとご存じなのでございますか。このこと、水野家では公にしたことはございません。お武家ならば公にせぬ親子の間柄は無いも同然でございます。所司代様ともあろう御方がなぜさようなことを申されますのか。得心がいきませぬ」

資始は言葉に詰まって、顔を赤くしたが、

「まあ、よい。そなたたちがどのように申しても、わしはやりたいようにやるまでだ。あの女子《おなご》はこの寺から一歩も出さぬ」

と吐き捨てるように言った。

「もし、さようなことをされれば萩尾様は息絶えましょう。そのときは何となさいます」

「寿命である」

資始はそっぽを向いた。

「親が子に、子が親に心を尽くして看病いたしてこその寿命でございます。親と子をへだてて寿命と言われるのは筋が違いましょう」

広甫がなおも言い募ると、資始は嗤《わら》った。

「何とでも言うがよい。わしは考えを変えぬ」

「それならばこれ以上は申し上げますまい。ただし、必ず悔いることになりまするぞ」

「なぜ悔いるというのだ。戯言《ざれごと》もたいがいにいたせ」

「戯言ではございません。ご存じでございましょうか。近く宮中立花会がございます。そのおり、わが流派からは胤舜が出ることになります。その時、活ける花は只今ごらんになった花でございます。必ずや帝のお目に留まりましょう。そのとき、胤舜はこの花の紅い色は所司代様に閉じ込められて亡くなった母親の血の色だと申し上げることになりますぞ。それでよろしゅうございますか。所司代様のご評判に関わります。必ずや水野忠邦様のお耳にも届きますぞ」

広甫に詰め寄られて資始は青ざめた。

京都所司代の身で帝の不興を買うことは許されない。さらに水野忠邦の怒りを買えば、いまの地位すら危うくなるだろう。

うなり声をあげた資始はようやく、

「わかった。女子は連れていけ」

とつぶやくように言った。

萩尾は奥の座敷で床に横になっていた。

蓮月から、胤舜たちが自分を助け出そうとしていることは聞いていた。それによって救われることよりも、胤舜が母のために大きな力に立ち向ってくれることが嬉しかった。

胸の中で、萩尾は忠邦に向って、

（殿様、胤舜は立派な武士の子でございます）

と呼びかけていた。

そのことが誇らしく嬉しかった。それだけに、これからも胤舜の行く末を見とどけたいが、どうしてもそれはできそうにない。

命の火が少しずつ消えていくのを感じないではいられないのだ。しかし、たとえ、命が絶えたとしても、胤舜をいとおしく思い見続けることに何も変わりはないとはっきり思える。

広間の方でひとの言い争う声が聞こえていたが、やがて静かになった。そのとき、心が満ちて明るい気持になった。

胤舜が勝ったのだ、と思った。

京都所司代太田資始が抱いた忠邦への憎悪の炎に、胤舜は勝ってわたしを救ってくれたのだ。

萩尾の目に涙があふれた。

縁側を走る足音が聞こえてきた。その軽やかで勢いのある足音が胤舜のものだと萩尾にはわかった。

花のいのち

一

大覚寺に引き取られた胤舜の母、萩尾は重篤な容態が続いていた。

萩尾を診た医師は眉をひそめ、

「おそらくいまは、気力だけで命を支えておられるのでしょう。もはや、これまで、と御身が思われたときに逝かれるのではありますまいか」

と告げた。医師の言葉を聞いて、胤舜は、

「母上はわたしと過ごす時を少しでも多く、と懸命に生きてくださっているのです」

と言って泪《なみだ》を流した。

広甫は慰める言葉もなく、ただ、せめて萩尾の看病に努めるように、と胤舜に告げた。

胤舜は深くうなずいた。

その日から、胤舜は勤行《ごんぎょう》をすませると萩尾に付き添い、食事などの介添をした。

萩尾は胤舜の手厚い看護を喜びながらも、

「わたくしはもう、よくなりそうです。さようになされずともよい」

と胤舜に声をかけた。だが、胤舜は笑顔で、

「かようにできることがわたしは嬉しいのです。どうかお世話をさせてくださいませ」

と答えた。

毎朝、胤舜は寺男の源助とともに大沢池に出かけると花を探しては摘んで帰り、萩尾の病室に活けた。花器に向かい、背筋を伸ばした胤舜が真剣な表情で花を活けるのを萩尾は嬉しげに見つめた。

夏が終わろうとするころ蓮月尼が訪ねてきた。萩尾を見舞った蓮月尼は座敷の床の間の白磁の壺に活けられた紫色の桔梗を見て、

「奥ゆかしくも美しい花ですね。まるで萩尾様を見るような気がいたします。胤舜様が活けられたのでしょうか」

と訊いた。萩尾は寝たままうなずいた。

「さようです。わが子ながらもったいないことのように思います」

「もったいないなどと何を仰せになりますか。母と息子ではございませんか。親子の縁は相手の喜びが自分の喜びであるという、ひとの縁の中でも一番、仏様に近い縁でございます。心ゆくまで堪能されるがよいのです」

蓮月尼はにこりとしてかたわらの胤舜に目を遣った。

胤舜はうなずく。

「さようでございます。母上がわたしに遠慮なさらないといいのですが」

萩尾がふと、和歌を口にした。


春焼きし其日いつとも知らねども嵯峨野の小萩花さきにけり

蓮月尼が首をかしげて訊いた。

「萩尾様、その和歌はどのような意味合いなのでございましょうか」

萩尾はかすかに微笑んだ。

「『瓊玉《けいぎょく》和歌集』にある宗尊《むねたか》親王の御歌だそうでございます。かつては春先に萩原を焼き払うならわしがあり、萩の焼け原は歌によく詠まれたとか。胤舜殿のけなげさを見ておりますと、燻《くす》ぶる焼け野原にたくましく蘇る萩の芽を思ってしまったのでございます」

蓮月尼はぽんと膝を叩いて、くすくすと笑った。

「なるほど、萩尾様の息子の胤舜様は、小萩でございますものね」

笑いながらも蓮月尼は、これまで萩尾と胤舜母子が遭った苦難を春の焼き野に見立てて、それに負けずに胤舜が立派に成長したのを母として萩尾は喜んでいるのだ、と思った。

胤舜は穏やかな目で母を見つめている。

初秋の頃——

胤舜は、寝食を忘れて看病に努め、しだいに痩せ、顔色も青白くなっていった。そんな胤舜の様子を見て源助は広甫に訴えた。

「このままでは胤舜様は、母上とともにあの世に旅立たれてしまいますぞ」

源助に言われるまでもなく広甫も胤舜の身を案じていた。

十日後に宮中立花会が催される予定で、大覚寺からは、胤舜を出すことにしていた。

宮中立花会は、立花を愛好した後水尾天皇が親王や公家、門跡たちを宮中に集めて催した。このころの立花会はもっぱら二代目池坊専好が取り仕切っていた。当時の事は、

——禁中ノ大立華ト云事ハ、此御世ニコソアリケレ。主上ヲ始メ奉リ、諸卿諸家ドモ、其事ニ堪能アル人ヲ択バレテ、紫宸殿ヨリ庭上南門マデ、双方ニ仮屋ヲウチテ、出家町人ニ限ラズ其事ニ秀タル者ハ皆立華サセテ、双《ならべ》ラレタリ

と元摂政太政大臣の近衛家熙の言行を集録した『槐記』にある。その後、宮中での立花会は廃れて行われることがなくなっていた。それがようやく復興しようというのである。

しかし、いまの胤舜に宮中立花会に出て他流派と競い、花を活ける気力があるとは思えない。あるいは立甫か祐甫、楼甫のいずれかを代わりに出すしかないかと広甫は考えるようになっていた。

広甫はため息をついて、萩尾が寝ている部屋に向った。今日もつきっきりで看病している胤舜に宮中立花会のことは断念する、と伝えようと思ったのだ。

部屋に入った広甫は目を瞠《みは》った。萩尾の病床のかたわらに座った胤舜が何やら図譜のようなものを広げている。

萩尾はうっすらと目を開けて図譜に見入っているようだ。胤舜はやさしく萩尾に語り掛けた。

「母上はこの花がお好きでしょうか」

胤舜に問われて、萩尾は微笑んでやや首をかしげた。

「では、こちらはいかがでしょうか」

胤舜は別な図を示した。広甫は座りながら、胤舜が手にしている図譜に目を遣った。

「それは池坊の『百花式《ひゃっかしき》』ではないか」

『百花式』とは文化元年（一八〇四）に池坊が初めて刊行した生花《しょうか》図集である。池坊流での生花がそれぞれ図で示されている。

広甫が驚いて指摘すると、胤舜は一瞬ためらったが、すぐに傍らに置いていたほかの図譜も見せた。胤舜が置いたのは、池坊四十世、池坊専定《せんじょう》の生花百図を集めた『挿花百《そうかひやっ》規《き》』である。これも池坊専定が活けた花を図示したもので、言うならば池坊流の名作をそろえて記録したものである。

広甫は弟子たちに自らの活花の参考にするため、池坊の図集を見ることは勧めていたが、

「しかし、見るだけだぞ。真似てはならぬ。他流派の活花を真似ればおのれの花は作り物になってしまうからな」

と念を押していた。しかし、いま、胤舜は図集の中から萩尾の好む活花を見つけようとしているようだ。

「何のためにさようなことをしている」

広甫が厳しい声で問うと、胤舜は苦しげに顔を曇らせた。

「近く宮中立花会があります。わたしが出させていただけるのであれば、そのおりに母上が好まれる花を活けたいと存じまして」

「なんと」

広甫は胤舜を睨《にら》んだ。宮中立花会で他派の活花を活けるなどあってはならないことだ。そんなことは言うまでもなく胤舜はわかっているはずだけに、広甫は二の句が継げなかった。

胤舜はそんな広甫から目をそらせて、右手と左手に『百花式』と『挿花百規』をそれぞれ持った。

「母上は、このふたつの活花ではどちらがお好みでございますか。指で差してください」

胤舜が言うと萩尾は目に微笑を浮べ、横になったまま顔を向けていたが、ゆっくりと手を上げた。

視線がどこかうつろだった。そのときになって、広甫ははっとした。

すでに萩尾は目に光を失っているのではないか。そのことに胤舜が気づいていないはずはない。

(胤舜はわざとわからぬ振りをして母親に生花の図を選ばせようとしているのだ)

萩尾はすでに目が見えないことを胤舜に知られたくないと思っているのだろう。

それを知っているから、胤舜はわざと明るく萩尾に図を選ばせている。これは、母と息子の哀しい芝居なのだ。

そう思った広甫は目頭が熱くなった。

ゆっくりと萩尾は指差した。萩尾の指の先に図集はなかった。胤舜が持つふたつの図集のちょうど真ん中である。

萩尾が指差しているのは、胤舜だった。胤舜はしばらくじっと萩尾を見つめていたが、不意に両手の図集を置いて頭を下げ、

「母上、わかりましてございます」

と告げた。

ゆっくりと萩尾は目を閉じる。どうやら疲れて、眠ろうとしているようだ。そんな萩尾の顔を胤舜は眺めていたが、不意に図集を胸に抱いて立ち上がった。広甫もすっと立ち上がる。

胤舜は涙をこらえるように、うつむいて廊下を歩くと、本堂に入って座り込んだ。広甫は静かに胤舜の前に立った。

「母上は図集ではなく、そなたを指差されたな」

「はい、母上はすでに目がお見えにならないようです。それで、わたしの声がした方を指差されたのだと思います」

切れ切れの声で胤舜がつぶやくように言うと広甫は頭を横に振った。

「いや、そうではあるまい。たとえ、目が見えずとも、どれがよいとあてずっぽうに答えることはできよう。萩尾様はわかったうえでそなたを指差されたのだ」

「なぜでございましょうか」

戸惑いながら胤舜は広甫を見上げた。

「わからぬか。萩尾様はそなたにひとの真似ではない、そなた自身の花を活けよと言われたのだ。いや、さらに言えば、そなた自身を活けよと言われたのではあるまいか」

「わたし自身を――」

「そうだ。萩尾様にとって、何より美しく、大切な花はそなただ。そなた自身を活けた花を見たいと萩尾様は思われたに相違あるまい」

胤舜は呆然とした。

「わたし自身を活けることなどできるのでしょうか」

微笑して広甫は告げた。

「活花は、花の美しさだけを活けているのではない。花のいのちその物を活けておるのだ。そのことは池坊専応《せんおう》様の口伝にもあるぞ」

池坊専応は池坊流の二十八世にあたる。立花についての様式をまとめ集大成した『池坊専応口伝』を遺しており、その中で、

――瓶に花をさす事いにしへよりあるとはきゝ侍れど、それはうつくしき花をのみ賞して、草木の風興をもわきまへず、只さし生たる計《ばかり》なり。

としている。すなわち昔からの活花は美しい花をただ愛でるだけで草木の風趣を知らなかったというのだ。

これからの活花は「心の花」を生けねばならない、と専応は唱えている。そして心眼で自然の草木花を見ることは、自然の風景そのものを、さらに世界そのものを見ることでもあるのだ。

「花のいのちでございますか」

胤舜はうつむいて考えた。

いまの胤舜にとって最も大切なのは、母のいのちである。母のいのちを永らえさせたい、というのが何よりの願いだ。もし宮中立花会で活けるとしたら自分自身であり、母のいのちでもある花でなければならない。

胤舜は目を閉じて、心を鎮めた。やがて、瞼を上げると、手をつかえ、広甫に頭を下げた。

「申し訳ございませぬ。母を逝かせたくないと思うあまり、心が乱れておりました。宮中立花会に出していただけるのであれば、わたし自身を示す花を活けたいと存じます」

広甫はたしかめるように胤舜を見つめた。

「さようか。では、そなたの思いを宮中立花会で示してみよ」

厳しい広甫の言葉にも、胤舜は表情を変えなかった。

「かしこまりました」

再び、頭を下げた胤舜は、口元を真一文字に引き結んでいた。

二

このころ、帝は仁孝天皇である。

譲位された光格上皇の第六皇子で、幼名は寛宮《ゆたのみや》、諱は恵仁《あやひと》である。聡明で古儀の復興に意を用い、また学問を奨励して古典講釈会を催すなどされていた。

江戸時代、幕府から朝廷への監視の目は厳しかったが、仁孝天皇が自らなそうと思うことに意を用いることができたのは光格上皇が在位中、朝儀の復興に熱心だったからだ。

光格天皇は閑院宮《かんいんのみや》家の第六王子だったが、後桃園天皇が急死したことに伴って養子皇嗣となり、即位した。

実父の閑院宮典仁《すけひと》親王が、幕府の禁中並公家諸法度の規定によれば、摂家などの三大臣の下の地位になることを残念に思って、閑院宮に太上《だいじょう》天皇号を宣下《せんげ》しようとした。いわゆる、

——尊号《そんごう》事件

である。この時、老中松平定信が〈寛政の改革〉を行っていた。定信は、天皇に即位しなかった閑院宮典仁親王に尊号を宣下することに反対して、朝廷と幕府の間が紛糾した。

光格天皇は尊号宣下を強行しようとした。

だが、松平定信は、天皇の側近で尊号宣下の首謀者と目された中山愛親《なるちか》と正親町公明《おおぎまちきんあき》に蟄居閉門、逼塞《ひっそく》などの処罰を与えた。

光格天皇は尊号宣下を断念せざるを得なかったが、それだけに幕府に対する不信を強くされ、このことが朝廷内で幕末まで尾を引いたとされる。

光格天皇が仁孝天皇に譲位したのが文化十四年（一八一七）で、この年、仙洞御所の修営も行われた。

今の仙洞御所は寛永四年（一六二七）に後水尾上皇のために造営されたもので、正式名称は桜町殿《さくらまちでん》という。大きな池がある庭園が広がっている。

宮中立花会はこの仙洞御所で光格上皇の無聊《ぶりよう》を慰めようとの帝の考えで行われることになっていた。

後水尾上皇が主に立花会を催したのも仙洞御所だった。

よく晴れた日だった。

仙洞御所の広縁に緋毛氈《ひもうせん》が敷かれ、池坊や公家、武家、町人でそれぞれ活花を嗜《たしな》む者たちが花器に活けた十余の活花が並んでいる。

山吹

薄（芒）

クサボタン

サワギキョウ

アケビ

桔梗

栗

南天

などが思い思いに活けられている。いずれも美しく、詩情をすら感じさせる出来栄えである。

光格上皇と帝は公家たちを引き連れて見てまわりながら、時おり、嘆声をもらし、

「見事やないか」

「このような活花は初めてやな」

などと言葉を交わした。

それぞれの活花の前には趣向を表す銘《めい》を記した短冊が置かれ、〈若菜〉、〈初音〉、〈空《うつ》蟬《せみ》〉など『源氏物語』の巻名が多くとられている。

物語の世界が活花に興趣《きょうしゅ》を添えていた。

帝と光格上皇は楽しげにそれぞれの活花をご覧になっていたが、ふとある活花の前で足を止められた。

青竹の筒に白萩を活けてある。

一見して、何の変哲もなく投げ入れただけのようでもあるが、その質朴な竹と白萩のひそやかな清楚さに心惹かれるところがあった。

かたわらに置かれた短冊には、

——泰山府君《たいざんふくん》

とあった。光格上皇は首をかしげた。

「能の〈泰山府君〉なら桜の話やな。なぜ、白萩にこの銘をつけたのやろうか」

帝もうなずかれて、

「まことにさようですなあ」

と言われて、近臣にちらりと目を遣った。この日、花を活けた者たちは中庭に跪《ひざまず》いて居並んでいる。近臣は中庭に下りると、すぐにひとりの若い僧のもとに行って広縁の階《きざはし》まで連れてきた。

胤舜だった。

「大覚寺の胤舜と申します」

胤舜が名のると、光格上皇は目を細めて胤舜を見つめ、

「この花を活けたのはそなたか」

「さようにございます」

胤舜は手をつかえてひれ伏した。

「なかなかに清雅な花や。はなやかに装わぬところが良いように思う」

光格上皇の言葉に胤舜は頭を下げたまま、

「ありがたき幸せにございます」

と申し上げた。光格上皇はやさしい笑みを浮べて、

「されど、なぜ〈泰山府君〉なる銘をつけたのかがわからぬ。教えてくれぬか」

と言葉を添えた。

胤舜は呼吸をととのえてから、

「わたしは此度の宮中立花会に出るにあたって、師より、わたし自身の思いを示すようにと命じられました。わたしの思いはいま重い病の母に一日でも長く永らえて欲しいと

いうことのみでございます。泰山府君は唐の国で万物のいのちを司る神だと聞いております。能の〈泰山府君〉では、桜の命を少しでも長くして欲しいという祈願がされるとのことですが、わたしの願いもまさに花のいのちを永らえさせて欲しいという一事でございます」

能の〈泰山府君〉は桜が爛漫と咲き誇る屋敷で桜町中納言が泰山府君を招いて延命を祈願する。

――花の命をのばへんと。花の命をのばへんと。これも手向と夕露の。白木綿《しらゆう》懸けて咲く花の影明らかに春の夜の。月の光も曇らじな。金銀珠玉色々の。花の祭をなしにけり花の祭をなしにけり。

と謡われる中、増女《ぞうおんな》の面を被ったシテの天女が登場して天上への土産に桜の枝を折ってしまう。一方、桜町中納言は泰山府君に桜のいのちを延ばすことを願った。泰山府君の命によって天女が桜の枝を元のところに戻すと、枝は神力によって接木され、桜は元のように美しく咲き続けるのだ。

――通力自在の遍満なれば。花の命は七日なれどももとより鬼神に横道あらんや。花の梢に飛び翔つて。嵐を防ぎ雨を漏らさず四方《よも》に護る例《ためし》を見せて。七日に限る桜の盛。

三七日まで残りけり。

と花のいのちが延びたことをめでたく寿ぐ。

胤舜は手をつかえ、頭を下げたまま言上した。

「わたくしは事情あって、母と離れ離れに暮らしておりました。ようやく再会できた、と思ったときには、別れが迫っております。なんとか命永らえられるようにとの思いを花に込めたのでございます」

光格上皇がゆらりと体を動かして階に腰を下ろした。

「親への気持は格別なものやな。わたしもわが父を太上天皇になし奉ろうと思いながら果たせなかったゆえ、ようわかるぞ」

胤舜が体をかたくして、さらに頭を下げると、光格上皇は話を続けた。

「しかし、ひとにはそれぞれ背負った宿命《さだめ》というものがある。わたしが父君に尊号を差し上げられなかったのも宿命であろう。そなたが、母の寿命を延ばすことができぬのも、また宿命ではないのかな」

胤舜はさらに頭を下げた。

光格上皇のやわらかな言葉がそんな胤舜にかけられた。

「大覚寺の胤舜、そなたの父親が江戸城、西ノ丸におることは、わたしの耳にも入っておるぞ」

光格上皇は胤舜の父が西ノ丸老中、水野忠邦であることを知っているのだ。頭を下げた胤舜の背に冷や汗が流れた。

驚きながらも胤舜が何も言えずにいると、光格上皇はさらに言葉を継いだ。

「朝廷にとって幕府は難しい相手やが、さような相手とともに生きていかねばならぬのも宿命や。そのことは、そなたも身に沁《し》みていよう。そうやないか」

光格上皇に問われて、胤舜は声を振り絞った。

「まことにさようにございます」

「そうであろうな」

ふわりと笑って光格上皇は階から広縁に戻った。すると、帝が光格上皇にひそひそと話しかけた。

やがて帝から何かを言われた近臣が階に来ると、まだ額ずいている胤舜に向かって、

「白萩、まことによく活けたとの仰せである。本日の花の名誉、第一はそなたであると心得よ」

と言った。

胤舜は頬に朱を上らせて頭を下げた。

光格上皇と帝はあらためてそのほかの活花をご覧になったうえで、

「これらの花は宴席に運ばせよ。酒とともに楽しみたい」

と近臣に命じた。だが、そのとき、帝が光格上皇にひと言、伝えてから、胤舜に目を

遣った。

「大覚寺の胤舜、そなたは疾《と》く帰るが良い。そなたの思いを母は知らねばならぬときが近づいているようじゃ」

帝の言葉を聞いて、胤舜ははっとした。

胤舜の思いを知らねばならないときが近づいているとはどういうことなのか。

(母上は亡くなられるのか)

胤舜は慄然とした。

帝の仰せに間違いのあるはずはない、と思うと胤舜の胸は不安でざわめくのだった。

三

胤舜は源助とともに、大覚寺へ急いだ。

山門にさしかかったとき、立甫と祐甫、楼甫の三人が待ち構えているのが見えた。

源助が一足飛びに石段を駆けあがり、

「萩尾様は——」

と声をかけた。立甫が頭を横に振り、

「ともかく急がねば」

と応じた。祐甫が、胤舜に向かって急かした。

「早う、早う――」

楼甫が石段を駆け下りて胤舜の背を押す。兄弟子たちのその様子だけでも、萩尾の命が尽きようとしていることがわかって、胤舜は蒼白になった。

寺に入ると、足を濯《すす》ぐ余裕もなくそのまま黒光りする大廊下をひたひたと駆けた。源助は立甫たちとともに後に続く。

胤舜は萩尾が寝ている部屋の入り口に立ったとき、息を呑んだ。部屋の中には、蓮月尼と広甫がいる。

「母上――」

胤舜はあえいでつぶやきながら、萩尾のかたわらに座った。萩尾はまだ意識があり、微笑みを浮べた。

胤舜は手をついて、萩尾を覗きこみながら、

「宮中立花会にて上皇様よりお褒めの言葉をいただきました」

と涙声で告げた。

萩尾は布団の中から胤舜に向かって手を差し伸べた。胤舜は母の手をしっかりと握りしめた。

すでに血の気がひいているのか、つめたい手だった。胤舜は懸命に両手で萩尾の手を握り、温めようとした。

「母上様――」

胤舜は萩尾の手に息を吹きかけた。萩尾は微笑して、

「胤舜の手は温かい」

とつぶやいた。

「母上、死んではなりませぬ。わたしが活ける花をもっと母上に見ていただきとうございます」

「見ますとも、わたくしはどこにいても、あなたが活ける花を見ます。わたくしにとっての何よりの喜びなのですから」

萩尾は澄んだ目で胤舜を見つめた。

そして、かすかに口を動かした。何か言っているようだが、聴き取れない。

「何でしょうか」

胤舜は萩尾の口に耳を近づけた。

萩尾はゆっくりと胤舜に何かを囁いた。胤舜は目を瞠った。しばらくして、胤舜はうなだれて、

「母上の仰せに従います」

と答えた。萩尾の顔に嬉しそうな笑みが広がった。

「胤舜――」

かすかにつぶやいたのが、萩尾の最期だった。胤舜は涙も出ないまま、唇を震わせていた。蓮月尼が、

「胤舜様、お別れを申されませ」

と悲しげにうながした。

胤舜は不意に慟哭《どうこく》した。


萩尾が亡くなって二カ月が過ぎ、冬の気配が濃くなってきた。

朝から霰が降った日――

大覚寺の門前に供回りが十人ほどの大名の乗物がつけられた。

乗物から降り立ったのは、

――水野忠邦
だった。すでに訪れを告げていたらしく、広甫が門前で出迎えた。

忠邦はうなずいて門をくぐった。

「此度はいかい、世話になった」

忠邦が声をかけると、広甫は穏やかに、

「水野様にはご愁傷様でございました」

と応じた。

「胤舜はさぞや嘆いたであろうな」

忠邦は痛ましげに言った。

「さようでございます。ただ、胤舜には花がございますから。萩尾様が亡くなられてより、供養の花を毎日、活けて慰めとしているようでございます」

広甫の言葉に忠邦は吐息をついた。

「ひとは、亡くなった親のことばかりを思って生きていくわけにはいかぬ。そのことを胤舜にも悟ってもらいたいのだがな」

広甫はやや首をかしげた。

「そのことは胤舜はわかっておるのではありますまいか」

「さて、そうであればよいが」

忠邦は玄関から上がって、奥へと進んだ。

香の匂いがする。

奥の部屋に入ると、胤舜は経机の前で読経していた。

広甫が近づいて、

「胤舜、父上がお見えだ」

と声をかける。

胤舜は読経を止めてようやく振り向いた。やや痩せたようだが、目にはおとなびた澄んだ光が加わったように忠邦には思えた。

「母上は残念であったな」

忠邦が声をかけると、胤舜は黙って頭を下げた。そしてゆっくりと顔を上げて、

「母上より遺言を承ってございます」

「遺言？　わたしへのか」

忠邦は怪訝な顔をした。

「さようでございます」

「さて、どのようなことであろう。そなたを引き取らず、寂しい思いをさせたことへの恨み言であろうか」

「いえ、さようなことではございません。母上は亡くなるまで父上を案じておられました」

胤舜の言葉に胸を突かれたように押し黙った。しばらくして忠邦は思いを振り払うように口を開いた。

「では、その遺言とやらを聞かせてもらおうか」

胤舜は、母上の遺言は言葉ではなく、わたしの花によって示さねばなりません、と応えた。

「そなたの花でか」

「さようでございます」

「それも一興だな。見せてもらおうか」

忠邦はゆったりと言った。

しばし、お待ちを、と言い残して胤舜は立ち上がり、縁側から庭に下りると、しばらくして戻ってきた。

そのとき、手には鉄瓶に黄楊《つげ》の枝を入れ、それにからめるようにして白菊が活けられている。

胤舜は静かに白菊の活花を忠邦の前に置いた。

「菊は、萩尾への手向けの花か」

忠邦は鋭い目を白菊に向けてつぶやくように言った。

「さようでもありますが、影向《ようごう》の花でもございます」

「影向の花だと」

忠邦は眉をひそめた。

影向とは神仏がその姿を現すことを言う。

「手向けの花は亡きひとが無事、成仏できるよう、供養する花かと存じます。しかし、わたしはもう母上は成仏されているかと存じます。されば、仏としてわたしたちの前にお出でになる姿をかように活けてございます」

忠邦は花を見つめていたが、不意に投げ出すように言った。

「いかなる意味合いがあるのだ。申せ――」

胤舜は頭を下げてから、

「黄楊は櫛《くし》に用いるものゆえ、女人としての思いを込めてございます。さらに、白菊は手向けのためには非ず、もったいないことではございますが、帝のお心を表さんといたしたのでございます」

「なんと」

忠邦は目を瞠った。

「わたしは先日、宮中立花会にて上皇様よりお褒めの言葉を賜りました。しかしながら上皇様はわたしが父上の子であることをご存じでございました。わたしをお褒めになったのは、いまなお上皇様のお心にある幕府へのご不満を伝えさせようとのお考えもあってのことかと存じます」

胤舜が淡々と言うと、忠邦は眉間にしわを寄せた。

「さようなことはそなたが口にすべきことではない。幕府と朝廷の間のことは、政《まつりごと》に関わるのだぞ」

「そのことを母上は懸念されたのでございます」

胤舜はひたと忠邦を見つめた。

「父上は、幕閣にて政をなさんと、家臣の迷惑をよそに、唐津から浜松へと移られました。さらに、出世の邪魔であるとして、わたしもお見捨てになられました。母上が京で寂しくなくなられたのも、もとはと言えば父上の立身出世のためでございます」

「そのことの恨み言なら口にするだけ無駄だぞ。わたしはおのれがなしたことを後悔しようとは思わぬ」

忠邦はきっぱりと言った。

胤舜はゆるゆると首を横に振った。

「恨み言など申すつもりはございません。ただ、母上は案じておられたのです」

「どういうことだ」

　忠邦はひややかな目で胤舜を見すえた。

「なさんとする政のためにおのれの情を殺される父上のお覚悟は見事だと存じます。されど、政は天下万民のためのものでございましょう。為政者は自らがなしたことを万民にも強いるのではありませんか。すなわち、政のために情を捨てた父上は、天下万民にも情を捨てることを求められるのではないかと存じます」

　怜悧なことばつきで胤舜は話す。

　忠邦は苦笑した。

「なるほど、さようかもしれぬが、政に必要であればやむを得ぬ。わたしはどのような険しき道でも通るまでのことだ」

「幼きもの、弱き者、年老いた者にも同じ道を歩ませまするか」

「それは――」

　忠邦は眉をひそめて、言葉を飲み込んだ。

「まことを申せば、母上の遺言とは、父上のために菊を活けよとの仰せでした。言われたとき、わたしには、菊とはすなわち朝廷のことであろうかとわかりました。母上が仰せになりたかったのは、わが国に帝がおられるのは、ひとの世の政に徳を通わせるためではないか、ということではございますまいか。徳とは、すなわち、情を知るということとでございましょう」

忠邦はようやくうなずいた。

「かつての尊号事件のように、朝廷を縛らず、政に情を通わせよということか」

「さようにございます。それが政のために父上から捨てられた母と子の願いなのでございます」

胤舜は静かに頭を下げた。


この日、忠邦は大覚寺の萩尾の墓に参った後、帰っていった。

胤舜は山門まで見送ったが、忠邦の乗物が見えなくなると、すぐに背を向けて大沢池に向かった。

源助が花材を入れるための籠を背負ってついてくる。

大沢池のほとりに立った胤舜はしばらく池を眺めた後、ぽつりと言った。

「わたしは今日、嘘をついてしまいました」

源助はうなずいた。

「母上様の遺言のことでございましょう」

「わかりましたか」

胤舜は微笑んだ。

「あのおり、母上様は仏様のような穏やかな顔をしておられました。とてものこと、政に関わるお話ではなかったかと存じます」

「そうです。母上は、ただ、ひと言仰せでした」

「何と申されたのですか」

源助が訊くと、胤舜は振り向かずに答えた。

「父上を許してあげなさい、と」

「さようでしたか」

「わたしは悔しかった。母上が亡くなるまで案じられたのは、父上のことだったのです」

胤舜の目に涙が滲んだ。源助はしみじみとした口調で、

「母が息子に、父の事を託す。それはまことの親子の情があればこそできることでございますよ」

と言った。胤舜は嵯峨野の緑にあらためて目を遣った。

「そうですね。わたしは、そのような心の花をこれからも活けていかねばならないのでしょう」

そうですとも、と応じようとした源助は胤舜の背丈が以前よりも伸びていることに気づいた。

池の水面を吹き渡る風がさわやかだった。

解説

澤田瞳子

二〇一五年から二〇一七年にかけて小説雑誌「オール讀物」に連載された本作は、京都・大覚寺の少年僧・胤舜が自らの活け花修行を通じて、己を取り巻く世の悲喜を学んでゆく物語である。筆者はこの連載とほぼ時を同じくする二〇一五年二月より、地元・福岡とは別に京都に仕事場を構えており、本作の随所にうかがわれる四季折々の京の風景は、そんな新天地での営みの成果ともいえる。

葉室麟の読者に対しては今更説明するまでもなかろうが、葉室作品にはかねて「花」がシンボリックに用いられている。たとえば木村大作監督によって二〇一八年に映画化された『散り椿』では椿が主人公と妻双方の象徴として登場し、『辛夷の花』では辛夷が主人公の凜とした生き様を表すとともに、隣家の男との心の触れ合いの鍵と用いられる——といった具合だ。

それだけに葉室さんが花そのものをテーマになさるとうかがったとき、実は私はわずかな違和感を覚えた。「これまでにも頻繁に道具として花を取り上げてらっしゃるのに、どうしてまたもわざわざ」と感じたのだ。

だが本書を一読して、その違和感はすぐに払拭された。なぜなら本作はただ、活け花の世界を描いたのではない。様々な難問に挑みながら花を活ける少年の姿を通じて、自身も「花」として咲かんとする人間の成長を描いた物語だったからだ。

本作第一話「忘れ花」において、主人公の胤舜は喜怒哀楽の感情を持たぬ寂しい少年として登場する。そんな彼を師・広甫は「形の美しさばかりがあって心が無い」と看破し、ひとの心を見る修行として他者のために花を活けよと命じる。かくして胤舜は様々な人々と交わりながら活花の腕を磨くこととなるのだが、その過程で自らのありようをも見つめる彼の姿は、小さく硬い種子が水を得、次第に芽吹いて行く様にひどく似ている。しかしながら遂にその種が最終話「花のいのち」で大輪の花となって咲き誇ったとき、そこに訪れるのは決して、登場人物全員が幸福となる結末ではない。

なぜなら花のみならず、この世の草木鳥獣はすべて、過去より命を引き継いでこそ、己の生を確立する。ゆえに胤舜の花もまた、古きものの死の上に咲く宿命が与えられており、それはすべての命に終わりがあるこの世の真理にもつながっている。

概念と決めつけるほどではない曖昧な愛おしい感情が人生に常につきまとうことは、誰もが日々の営みの中で漠然と感じているはずだ。それはもはや戻らぬ過去への愛惜であり、まだ見ぬ未来への憧憬であり、迫りくる老いへの恐怖であるとともにまだ見ぬ若人への羨望である。葉室麟は人の成長をただ単純に花にたとえたのではなく、そんな「That's Life（それが人生さ）」とでも呼ぶべきこの世の甘やかな悲しみすべてを、命を繰り返し紡ぐ「花」に重ね合わせたのだろう。

ところで、私が編集者さんの仲立ちを受けて初めて葉室さんに出会ったのは、本作第二話「利休の椿」が雑誌に掲載された直後。このしばらく後、葉室さんと私は事あるごとにお互いを呼び出し合う呑み仲間となるのだが、お互い人見知り同士だったこともあり、初対面の時は後から考えると不思議なほど話が弾まなかった。ただそんな茹で過ぎた蕎麦のようにぶつぶつ切れる会話の中で、葉室さんが「僕は今、未生流の活花について書いていて、二代目が出てくるんだ」と仰ったことは、今でもよく覚えている。

「澤田さんのお母さまは、未生流の初代を書いていらっしゃるよね。僕、読ませてもらったよ」

私の母・澤田ふじ子の手になる『天涯の花』は、その当時ですでに四半世紀以上昔に刊行された作品。それだけにあまりの思いがけなさに、私は狼狽しながらお礼だけを申し上げ、話はそこまでになってしまったが、今でも時折ふと、なぜ葉室さんはあの時、その話題を持ち出したのだろうと考える。

無論、初対面の相手を前に、とにかく共通の話題をと思われた可能性は高い。しかし長らく日本の歴史の中心であった京都に仕事場を構え、本作の他にも大名茶人・小堀遠州を主人公とした『孤篷のひと』、桃山期の画人・海北友松を描いた『墨龍賦』など京ゆかりの作品の構想を練っていた葉室さんは、同じ場所で長らく歴史小説を書いている私の母を歴史小説界の先達と考えてくださっていたのかもしれない。だとすれば受け継がれてゆく「花」を描いた『嵯峨野花譜』自身もまた、歴史小説というジャンルを継承する「花」でもあったのだ。

残念ながら本作が刊行された半年後、葉室さんは帰らぬ人となった。あまりに突然のご逝去に、親しかった後輩作家や編集者たちは事あるごとに集まり、そのご不在を悲しんだが、そんなある日、「葉室さんの文学忌はなんとつければいいのだろう」という声が上がった。

文学忌とは文学者の命日をその作品や雅号などにちなんで異称し、その方の業績を偲ぶ日としたもの。たとえば司馬遼太郎の命日は菜の花が好きだったことに由来して「菜の花忌」と呼ばれ、太宰治の遺体発見日は作品「桜桃」ゆかりの「桜桃忌」とつけられている。

なにせ花を取り上げた作品の多かった葉室さんのことだ。すぐに「初エッセイ集のタイトルは『柚子は九年で』だった」「『散り椿』は映画にもなったし」と色々な意見が飛び交った。しかしやがて誰からともなく、

「特定の花はふさわしくないよね」

との声が出て、結局、そのままいまだに葉室さんの文学忌は定まらずにいる。それはきっと葉室さんと親しかった誰もが、葉室さんの愛した「花」の真実の美しさを知って

いればこそだろう。

一分の欠けもなく美しいものを、美しいと誉めそやすのはたやすい。だが葉室さんは蓮が泥の中から花咲くように、苦しい世の中でも清く生きようとする人の生き様こそが美しいと信じた。

——この世は苦に満ちた、苦の世じゃ。されど、同時にひとが清く生きる浄土でもあろう。

——ひとは無惨に散らされるばかりかもしれぬ。しかし、それにたじろがず、迷わず生き抜くことにひとの花があるのです。

胤舜の曾祖母のこの言葉を初めて読んだ時、私は二十世紀の伝説的歌手の一人であるフランク・シナトラの代表曲、「That's Life」を思い出した。「Some people get their kicks stompin' on a dream. But I don't let it, let it get me down. 'Cause this fine old world, it keeps spinnin' around.（夢を踏みつける人もいるけれど、僕はへこたれない。落ち込んだりしない。だって、この古き良き世界はいつも回り続けるのだから）」——それはまさに、葉室麟の描く「花」の世界そのものだ。

包み隠さずに打ち明ければ、葉室さんのいないこの世界はいささか味気なく、空の色が少しだけ褪せて映る。だがそんな寂しさがあればこそ、この世には美しい花が開き続ける。

そう、人は何があろうとも生きねばならない。まさにそれが人生なのだから、という世々不変の真実を『嵯峨野花譜』は教えてくれる。

（作家）

単行本　二〇一七年七月　文藝春秋刊

文春文庫

嵯《さ》峨《が》野《の》花《か》譜《ふ》

定価はカバーに
表示してあります

2020年 4 月10日　第 1 刷

著　者　葉《は》室《むろ》　麟《りん》
発行者　花田朋子
発行所　株式会社 文藝春秋

東京都千代田区紀尾井町 3-23　〒102-8008
TEL　03・3265・1211㈹
文藝春秋ホームページ　http://www.bunshun.co.jp

落丁、乱丁本は、お手数ですが小社製作部宛お送り下さい。送料小社負担でお取替致します。

印刷・凸版印刷　製本・加藤製本
Printed in Japan
ISBN978-4-16-791469-1

（　）内は解説者。品切の節はご容赦下さい。

葉室　麟
銀漢の賦
江戸中期、西国の小藩で同じ道場に通った少年二人。不名誉な死を遂げた父を持つ藩士・源五の友は、名家老に出世していた。彼の窮地を救うために源五は……。松本清張賞受賞作。（島内景二）
は-36-1

葉室　麟
いのちなりけり
自ら重臣を斬殺した水戸光圀は、翌日一人の奥女中を召しだした。この際、御家の禍根を断つべし――。肥前小城藩主への書状の真意は。一組の夫婦の絆の物語が動き出す。（縄田一男）
は-36-2

葉室　麟
花や散るらん
京で平穏に暮らしていた雨宮蔵人と咲弥。二人は朝廷と幕府の暗闘に巻き込まれ、江戸へと向かう。赤穂浪士と係り、遂には吉良邸討ち入りに立ち会うことになるのだが……。（島内景二）
は-36-3

葉室　麟
恋しぐれ
老境を迎えた与謝蕪村。俳人、画家として名も定まり、よき友人や弟子たちに囲まれ、悠々自適に暮らす彼に訪れた最後の恋。新たな蕪村像を描いた意欲作。（内藤麻里子）
は-36-4

葉室　麟
無双の花
関ヶ原の戦いで西軍に与しながら、旧領に復することのできたただ一人の大名・立花宗茂。九州大友家を支える高橋紹運の嫡男、宗茂の波乱万丈の一生を描いた傑作。（植野かおり）
は-36-6

葉室　麟
山桜記
命の危険を顧みず、男は妻のため出兵先の朝鮮半島から日本へ還る（「汐の恋文」）。大名の座を捨て、男は妻と添い遂げた（「花の陰」）。戦国時代の秘められた情愛を描く珠玉の短編集。（澤田瞳子）
は-36-7

葉室　麟
影踏み鬼
新撰組篠原泰之進日録
伊東甲子太郎を慕い新撰組に入隊、後に赤報隊に身を投じた久留米藩脱藩隊士、篠原泰之進。彼の目を通して見た新撰組の隆盛と凋落。（朝井まかて）
は-36-8

安部龍太郎
等伯（上下）
武士に生まれながら、天下一の絵師をめざして京に上り、戦国の世でたび重なる悲劇に見舞われつつも、己の道を信じた長谷川等伯の一代記を描く傑作長編。直木賞受賞。（島内景二）
あ-32-4

安部龍太郎
姫神
争いが続く朝鮮半島と倭国の平和を願う聖徳太子の遣隋使計画。海の民・宗像の一族に密命が下る。国内外の妨害工作に悩まされながら、若き巫女が起こした奇跡とは——。（島内景二）
あ-32-6

安部龍太郎
おんなの城
結婚が政略であり、嫁入りが高度な外交だった戦国時代。各々の方法で城を守ろうと闘った女たちがいた——井伊直虎、立花誾千代など四人の過酷な運命を描く中編集。（島内景二）
あ-32-7

浅田次郎
壬《み》生《ぶ》義《ぎ》士《し》伝《でん》（上下）
「死にたぐねえから、人を斬るのす」——生活苦から南部藩を脱藩し、壬生浪《みぶろ》と呼ばれた新選組で人の道を見失わず生きた吉村貫一郎の運命。第十三回柴田錬三郎賞受賞。（久世光彦）
あ-39-2

浅田次郎
輪《わ》違《ちがい》屋《や》糸里《いとさと》（上下）
土方歳三を慕う京都・島原の芸妓・糸里は、芹沢鴨暗殺という、新選組の内部抗争に巻き込まれていく。大ベストセラー『壬生義士伝』に続き、女の〝義〟を描いた傑作長篇。（末國善己）
あ-39-6

浅田次郎
一刀斎夢録（上下）
怒濤の幕末を生き延び、明治の世では警視庁の一員として西南戦争を戦った新選組三番隊長・斎藤一の眼を通して描き出される感動ドラマ。新選組三部作ついに完結！（山本兼一）
あ-39-12

浅田次郎
黒書院の六兵衛（上下）
江戸城明渡しが迫る中、てこでも動かぬ謎の武士ひとり。勝海舟や西郷隆盛も現れて、城中は右往左往。六兵衛とは一体何者か？笑って泣いて感動の結末へ。奇想天外の傑作。（青山文平）
あ-39-16

（　）内は解説者。品切の節はご容赦下さい。

あさのあつこ
燦　7　天の刃
田鶴藩に戻った燦は、篠音の身の上を聞き、ある決意をする。城では圭寿が、藩政の核心を突く質問を伊月の父・伊佐衛門に投げかけていた――。少年たちが闘うシリーズ第七弾。
あ-43-17

あさのあつこ
燦　8　鷹の刃
遊女に堕ちた身を恥じながらも燦への想いを募らせる篠音に、伊月は「必ず燦に逢わせる」と誓う。一方その頃、刺客が圭寿に放たれ――三人三様のゴールを描いた感動の最終巻！
あ-43-18

あさのあつこ
火群《ほむら》のごとく
兄を殺された林弥は剣の稽古の日々を送るが、家老の息子・透馬と出会い、政争と陰謀に巻き込まれる。小舞藩を舞台に少年の友情と成長を描く、著者の新たな代表作。（北上次郎）
あ-43-12

あさのあつこ
もう一枝《いっし》あれかし
仇討に出た男の帰りを待つ遊女、夫に自害された妻の選ぶ道、若き日に愛した娘との約束のため位を追われる男――制約の強い時代だからこその一途な愛を描く傑作中篇集。（大矢博子）
あ-43-16

梓澤　要
越前宰相秀康
徳川家康の次男として生まれながら、父に疎まれ、秀吉の養子に出された秀康。さらには関東の結城家に養子入りした彼はその後越前福井藩主として幕府を支える。（島内景二）
あ-63-1

青山文平
白樫の樹の下で
田沼意次の時代から清廉な松平定信の息苦しい時代への過渡期。いまだ人を斬ったことのない貧乏御家人が名刀を手にしたとき、何かが起きる。第18回松本清張賞受賞作。（島内景二）
あ-64-1

青山文平
かけおちる
藩の執政として辣腕を振るう男は二十年前、男と逃げた妻を斬った。今また、娘が同じ過ちを犯そうとしている――。時代小説の新しい世界を描いて絶賛される作家の必読作！（村木　嵐）
あ-64-2

青山文平
つまをめとらば

去った女、逝った妻……瞼に浮かぶ、獰猛なまでに美しい女たちの面影は男を惑わせる。江戸の町に乱れ咲く、男と女の性と業。女という圧倒的リアル！　直木賞受賞作。（瀧井朝世）

あ-64-3

井上ひさし
手鎖心中

材木問屋の若旦那、栄次郎は、絵草紙の人気作者になりたいと願うあまり馬鹿馬鹿しい騒ぎを起こし……歌舞伎化もされた直木賞受賞作。表題作ほか「江戸の夕立ち」を収録。（中村勘三郎）

い-3-28

井上ひさし
東慶寺花だより

離縁を望み決死の覚悟で鎌倉の「駆け込み寺」へ——女たちの事情、強さと家族の絆を軽やかに描いて胸に迫る涙と笑いの時代連作集。著者が十年をかけて紡いだ遺作。（長部日出雄）

い-3-32

池波正太郎
鬼平犯科帳　決定版（二十三）
特別長篇　炎の色

謹厳実直な亡父に隠し子がいた。衝撃の事実と妹の存在を知った平蔵は、その妹のためにひと肌脱ぐ。一方、おまさは女盗賊に気に入られ、満更でもない。「隠し子」「炎の色」を収録。

い-4-123

池波正太郎
鬼平犯科帳　決定版（二十四）
特別長篇　誘拐

いまや国民的時代小説シリーズ「鬼平 決定版」最終巻。未完となった表題作ほか「女密偵女賊」「ふたり五郎蔵」の全三篇。秋山忠彌「平蔵の好きな食べもの屋」を特別収録。（尾崎秀樹）

い-4-124

池波正太郎・逢坂　剛・上田秀人・梶　よう子
風野真知雄・門井慶喜・土橋章宏・諸田玲子
池波正太郎と七人の作家　蘇える鬼平犯科帳

逸品ぞろいの「鬼平づくし」。「鬼平」誕生五十年を記念し、七人の人気作家が「鬼平」に新たな命を吹き込んだ作品集。本家・池波正太郎も「瓶割り小僧」で特別参加。

い-4-200

稲葉　稔
ちょっと徳右衛門
幕府役人事情

剣の腕は確か、上司の信頼も厚いのに、家族が最優先と言い切るマイホーム侍・徳右衛門。とはいえ、やっぱり出世も同僚の噂も気になって…新感覚の書き下ろし時代小説！

い-91-1

（　）内は解説者。品切の節はご容赦下さい。

稲葉　稔
疑わしき男
幕府役人事情　浜野徳右衛門

与力・津野惣十郎に絡まれた徳右衛門。しまいには果たし合いを申し込まれる。困り果てていたところに起こった人殺し事件。徒目付の嫌疑は徳右衛門に——。危うし、マイホーム侍！

い-91-4

稲葉　稔
五つの証文
幕府役人事情　浜野徳右衛門

従兄の山崎芳則が札差の大番頭殺しの容疑をかけられた。潔白を証明せんと一肌脱ぐ徳右衛門。が、そのせいで妻のあらぬ疑いを招くはめに。われらがマイホーム侍、今回も右往左往！

い-91-5

稲葉　稔
すわ切腹
幕府役人事情　浜野徳右衛門

剣の腕を買われ、火付盗賊改に加わった徳右衛門。大店に押し入った賊の仲間割れで殺された男により、窮地に立つことに。何よりも家族が大事なマイホーム侍シリーズ、最終巻。

い-91-6

稲葉　稔
人生胸算用

郷士の長男という素性を隠し、深川の穀物問屋に奉公に入った辰馬。胸に秘めるは「大名に頭を下げさせる商人になる」という決意。清々しくも温かい時代小説、これぞ稲葉稔の真骨頂！

い-91-11

犬飼六岐
佐助を討て
真田残党秘録

豊臣家を滅ぼした家康だが、夜ごとに猿飛佐助に殺される悪夢に悩まされていた。佐助の死なくして家康の安眠なし。伊賀忍者と佐助ら真田残党との壮絶な死闘が始まる。（末國善己）

い-93-1

犬飼六岐
鷹ノ目

メリケンでいう賞金稼ぎ、本邦でいう勧賞金目当ての流れ者。世は信長が、将軍とともに上洛を果たした頃、渡辺綱の子孫条四郎は高札に掲げられた罪人を追って諸国を旅し事件を捌く。

い-93-2

伊東　潤
王になろうとした男

信長の大いなる夢にインスパイアされた家臣たち。毛利新助、原田直政、荒木村重、津田信澄、黒人の彌介。いつ寝首をかくか、かかれるかの時代の峻烈な生と死を描く短編集。（高橋英樹）

い-100-1

（　）内は解説者。品切の節はご容赦下さい

伊東 潤
天下人の茶
政治とともに世に出、政治によって抹殺された千利休。その高弟たちによって語られる秀吉との相克。弟子たちの生涯から利休の求めた理想の茶の湯とその死の真相に迫る。（橋本麻里）
い-100-2

宇江佐真理
名もなき日々を　髪結い伊三次捕物余話
伊三次の息子・伊与太が想いを寄せる幼馴染の不破茜は、奉公先の松前藩の若君から好意を持たれたことで藩の権力争いに巻き込まれていく。若者たちが転機を迎えるシリーズ第十三弾。
う-11-21

宇江佐真理
昨日のまこと、今日のうそ　髪結い伊三次捕物余話
病弱な松前藩のお世継に見初められ、側室になる決心をする茜。一方、伊与太は才気溢れる絵を描く弟弟子から批判されて己の才能に悩み、葛飾北斎のもとを訪ねる。（大矢博子）
う-11-22

宇江佐真理
竃《へっつい》河岸《がし》　髪結い伊三次捕物余話
息子を授かって覚悟を決める不破龍之進。一方、貴重な絵の具を盗まれた伊与太はひとり江戸を離れる——デビュー以来二十年間、大切に書き継がれた傑作人情シリーズの最終巻。（杏）
う-11-23

宇江佐真理
河岸の夕映え
神田堀八つ下がり
御厩河岸、竃河岸、浜町河岸……。江戸情緒あふれる水端を舞台に、たゆたう人々の心を柔らかな筆致で描いた、著者十八番の人情噺。前作『おちゃっぴい』の後日談も交えて。（吉田伸子）
う-11-15

上田秀人
奏者番陰記録
遠謀
奏者番に取り立てられた水野備後守はさらなる出世を目指し、松平伊豆守に服従する。そんな折、由井正雪の乱が起こり、備後守はその裏にある驚くべき陰謀に巻き込まれていく。
う-34-1

海老沢泰久
無用庵隠居修行
出世に汲々とする武士たちに嫌気が差した直参旗本・日向半兵衛は「無用庵」で隠居暮らしを始めるが、彼の腕を見込んで、難事件が次々と持ち込まれる。涙と笑いありの痛快時代小説。
え-4-15